धर्म संस्थापक का जीवन परिचय

(सभी धर्मों के)

अब्दुल वहीद

धर्म संस्थापक का जीवन परिचय (सभी धर्मों के)

Life introduction of the founder of religion (of all religions)

अब्दुल वहीद
Abdul Waheed

notionpress.com

CERTIFICATE OF PUBLISHING

We're proud to present this certificate of publishing to

Abdul Waheed

for successfully publishing

LIFE INTRODUCTION OF THE FOUNDER OF RELIGION (OF ALL RELIGIONS)

on 05-01-2023

"A writer's life and work are not a gift to mankind; they're a necessity" ~ Toni Morrison

समर्पण

यह पुस्तक मेरे पिता (वालिद)मरहूम हाजी उबैदुर्रहमान उर्फ (मुन्ना), तथा छोटा भाई :
मरहूम अब्दुल हमीद की स्मृति में समर्पित है।
अल्लाह (ईश्वर) इन दोनों की आत्मा को शांति प्रदान करें ।
आमीन।

विषय सूची

भूमिका

प्रस्तुत पुस्तक में लगभग संसार के सभी प्रमुख धर्मों के प्रवर्तक या संस्थापक के जीवन परिचय के बारे में विस्तार पूर्वक बताया गया है। किसी भी धर्म के संस्थापक का जीवन परिचय मुख्य होता है क्योंकि यदि संस्थापक के जीवन के बारे में नहीं जानेंगे तो उस धर्म को भी समझना आसान ना होगा इसलिए यह मेरी कोशिश है कि जीवन परिचय के बारे में बताया जाए जिससे आपको जानकारी प्राप्त हो सके यदि कोई कमी नजर आए तो तत्काल अवगत करें यदि विषय कम लग रहा हो तो जानकारी दें ।

धन्यवाद--

आपका– अब्दुल वहीद,बाराबंकी, यूपी , इंडिया।

दिनांक-04/01/2023

मोहम्मद साहब (स ०) का जीवन परिचय- (इस्लाम धर्म)

मोहम्मद साहब (स ०) का जन्म अरब के मक्का नामक नगर में में हुआ था । इनके पिता का नाम अब्दुल्लाह तथा माता का नाम आमिना था इनके दादा का नाम ' अबू ' मुत्तलिब " था । जन्म से पूर्व ही पिता का देहान्त हो गया । इनका वंश ' हासिम वंश के नाम से प्रसिद्ध था । जब हजरत मोहम्मद केवल 6 वर्ष के थे तब माता की मृत्यु हो गयी । इस प्रकार वह छोटी आयु में ही अनाथ हो गए । (सूर . 936) । इनके दादा अब्दुल मुत्तलिब ने इनके पालन पोषण का भार अपने कंधों पर लिया , परन्तु हज़रत मोहम्मद 8 वर्ष के ही हुए थे कि दादा की भी मृत्यु हो गयी । तब आपके चाचा हज़रत अबूतालिब (हज़रत अली के पिता) इनके संरक्षक बने । 12 वर्ष की आयु में आप अपने चाचा के साथ पहली यात्रा सीरिया गये इस यात्रा में एक मसीही भिक्षु मिला जिसका नाम बहीरा था । बहीरा ने इनको देखकर यह भविष्यवाणी की थी कि वह एक श्रेष्ठ पद प्राप्त करेंगे जब आप 15 वर्ष के थे तब एक युद्ध में भी सम्मिलित हुए और उसमें शत्रु के तीर चुन चुन कर साथियों को देने का काम किया, हज़रत मोहम्मद अपनी ईमानदारी के कारण सभी लोगों में मान्य थे और अल अमीन कहकर पुकारते थे । आपका शिशुकाल समय की रीति के अनुसार एक बदवी धाय की गोद में व्यतीत हुआ, जो थी, बनू साद की भाषा तकसाली बोली थी । जब आप 25 वर्ष के हुए तो आपके चाचा ने 515 ई ० कुरैशी कबीले की एक सुप्रतिष्ठित विधवा हजरत खदीजा के पास आपकी नौकरी लगवा दी । खदीजा व्यापार व्यवसाय में कुशल थी और एक सम्पन्न महिला थी । हज़रत मोहम्मद के व्यवहार और ईमानदारी से प्रभावित होकर उसने हज़रत मोहम्मद स ० को अपने व्यापार काफिले का मुखिया बनाकर सीरिया की ओर भेजा । इस व्यापारिक यात्रा को आपने बड़ी कुशलता से समाप्त किया और सीरिया की यात्रा से उनके सकुशल लौटने पर खदीजा ने बहुत प्रसन्न होकर उनसे विवाह करने की याचना की जिसे आपने सहर्ष स्वीकार कर लिया । विवाह के समय हज़रत ख़दीजा की आयु 40 वर्ष की थी । आप के साथ हजरत मो ० का विवाहित जीवन बहुत सुखमय रहा । खदीजा से दो पुत्र और चार पुत्रियां हुयीं । परन्तु हज़रत फातिमा के अतिरिक्त जो अली की पत्नी और हसन और हुसैन की माता भी सब सन्तान उनके (नबी स ०) जीवनकाल में ही काल ग्रस्त हो गयी ।

नबी स ० के जन्मतिथि के सम्बन्ध में निम्न मतभेद हैं -

1- हज़रत मो का जन्म 29 अगस्त 570 ई ० (अरब संस्कृति भाग 1)

2 हज़रत जन्म 20 अप्रैल 570 ई 0 (इस्लाम एक परिचय , नया संस्करण)

3 हजरत मो ० का जन्म 22 अप्रैल , 571 ई ० (पैगम्बरे इस्लाम ईश्वर की उन पर दया)

हिरा की गुफा में ईश्वर से प्रार्थना करना हजरत मोहम्मद का स्वभाव बन गया । आरम्भ से ही उन्हें मूर्ति पूजा से घृणा थी । 41 वर्ष की आयु (609 ई 0) में ईश्वर की ओर से उन्हें

आहवान मिला । इसके बाद उनको पूर्ण विश्वास हो गया कि ईश्वर ने उन्हें रसालत के लिए चुना है । जब हज़रत मोहम्मद स ॰ ने एक प्रचारक के रूप में अल्लाह के संदेश को मक्का के लोगों के समक्ष प्रस्तुत करना प्रारंभ कर दिया तो उनके संदेश का सर्वप्रथम प्रभाव उनकी पत्नी पर पड़ा । उसके बाद हज़रत जैद एवं हजरत अली , उनके विचारों से सहमत हुए । इस प्रकार तीन वर्ष के भीतर लगभग पचास व्यक्तियों ने इस्लाम ग्रहण कर लिया । मुसलमानों का यह दल मूर्तिपूजा से घृणा करता था और तन मन से प्रयत्न करता था कि मक्का के लोग मूर्तिपूजा त्याग कर एक अल्लाह के उपासक बन जाए । किन्तु पारम्पारिक धार्मिक विश्वास रखने वालों को उनकी ये बातें सारहीन लगी और इसी कारण बहुत से लोग उनके शत्रु हो गए । अन्त में स्थिति इतनी विकट हो गयी कि 20 जून 622 ई 0 में उन्हें मक्का छोड़कर मदीना में शरण लेनी पड़ी । यह घटना इस्लाम के इतिहास में हिजरत के नाम से प्रसिद्ध है । कुछ विद्वान इस घटना को 16 जुलाई 622 ई ॰ को मानते हैं । हज़रत मोहम्मद स ॰ ने घोषणा की कि ईश्वर एक है और मोहम्मद उस परमेश्वर का नबी या पैगम्बर है । पवित्र कुरआन इन सब शिक्षाओं का शानदार प्रमाण है ।

हजरत मोहम्मद स ॰ की पत्नियों की संख्या 11 बतलायी जाती हैं ।

(1) खदीजा , (2) स्व॰ सकरान की विधवा बुढ़िया सौदा ' पुत्री जमा (3) आयशा पुत्री हजरत अबू बक्र (4) हफसह पुत्री उमर बिन खताब , (5) जैनब पुत्री खजीमा रजि ॰ . (6) उम्मे कुलसुम हिन्द पुत्री अमिया रजि ॰ (7) जैनब पत्री वह जहश बिन रियाब (8) जुवैरिया पुत्री हारिस , (9) उम्मे हवीबह पुत्री अबू सूफियान , (10) सफीयह पुत्री हय्याबिन (‖) मैमूनह कुरेश दार हारिस (12) मारिया किबतिया (13) रेहाना पुत्री जैद रूकैय्या 0

हजरत मोहम्मद सल्लल्लाहु अलैहि वसल्लम की **4** पुत्रियां थी

(1) हज़रत जैनब (2) फातिमा (रजि) (3) रूकैय्या (4) उम्मे कुलसुम, हजरत मोहम्मद सल्लल्लाहु अलैहि सल्लम की सबसे बड़ी पुत्री हजरत जेनब जोकि हजरत आस की पत्नी व हज़रत अबूल आस हज़रत मुहम्मद साहब के दामाद थे । हज़रत फातिमा का विवाह हज़रत अली के साथ हुआ था यह भी हज़रत मुहम्मद साहब के दामाद थे । हज़रत मुहम्मद स ॰ का इर्शाद है कि हजरत फातिमा जन्नत में औरतों की सरदार होंगी । हज़रत रूकैय्या जो कि हज़रत उसमान के निकाह में थीं रूकैय्या के बाद हज़रत उम्मे कुलसुम हजरत उसमान के निकाह में आयीं । हजरत उसमान भी हजरत मोहम्मद स ॰ के दामाद थे । हिजरत से कब्ल मक्का में नबीं स ॰ का घराना आप और आपकी बीवी हज़रत खदीजा रजि ॰ पर मुश्तमिल था । शादी के वक्त आप स ॰ की उम्र 25 साल थी और हजरत खदीजा रजि ॰ की उम्र 40 साल हजरत खदीजा पहली बीवी थी और इनके जीते जी आपने कोई और शादी नहीं की । आपकी औलाद में हजरत इब्राहिम के अलावा तमाम साहेबजादे और सहेबजादिया इन्हीं हज़रत खदीजा के तन से थे साहबजादगा मे से तो कोई जिन्दा न बचा अलवता साहेबजादियों हयात रहीं । इस के नाम यह है जैनब रुकय्या रजि , उम्मे कुलसुम रजि ॰ और फातिमा रजि ॰ | जैनब को शादी हिजरत से पहले इनकी फूफीजात

भाई अबुल आस बिन राबिया से हुई । रुक्क्या और उम्म्मे कुलसुम की शादी एक के बाद दीगरे हज़रत उसमान रजि॰ से हुयी । हज़रत फातिमा की शादी जग बदर और जंग अहद के दरमियानी असे मे हजरत अली बिन अबू तालिब से हुई और इनके वतन से हसन हुसैन और उम्मे कुलसुम पैदा हुए हजरत मोहम्मद स॰ का जीवन कितना भोग विलास था . उसका पता उस वाक्य से लगेगा जिसमें कहा गया है कि नबी अपनी स्त्रियों से कहो यदि तुम सांसारिक जीवन और उसके भोग विलास को चाहती हो तो आओ तुम्हें कुछ देकर भली प्रकार विदा कर दूं तुम परमेश्वर उसके नबी और अन्तिम दिन को चाहती हो तो अवश्य ईश्वर ने ऐसी सदाचारिणी स्त्रियों के लिए उत्तम फल निश्चित कर रखा है | (33:4 :1,2)

 यद्यपि आपको धन दौलत का अभाव नहीं था । फिर भी आप सादा जीवन उपवास और फकीरे का जीवन को श्रेष्ठ मानते थे | नौकर चाकर होते हुए भी स्वयं अपना काम करना पसन्द करते थे । दासों के साथ समानता का व्यवहार करना, दरिद्रों और कंगालों से विनम्रता और दयालुता का बर्ताव करना आपका एक उत्तम गुण था। कोई भिखारी या फकीर अथवा यात्री आपके द्वार से निराश नहीं लौटता था । आप स्वभाव से ही उदार थे और जबान के सच्चे थे । अपनी जबान से कभी कोई बुरी बात नहीं निकालते थे । अधिक से अधिक समय अल्लाह की चर्चा और नमाज़ में व्यतीत करते थे । नियमित रूप से रोजा रखते थे । इतना होते हुए भी घर के कार्यों में हाथ बढ़ाते थे | अपनी पत्नियों को हर तरह का सुख देने का और उनकी हर आवश्यकता की पूर्ति का प्रयत्न करते रहते थे | बच्चों को प्यार करते थे और उन्हें खुश देखकर स्वयं भी खुश होते थे | उपहार जो आते थे उन्हें गरीबों में बांट देते थे , हजरत मोहम्मद स॰ को मेराज | निशापात्रा) क्रन्दन दीवान (Walling Wall) से संबंधित मुसलमानों में यह धारणा है वह बुराक था । यही से आ हजरत मोहम्मद सं॰ को लेकर आकाश की ओर उड़ा था । इस आश्चर्यजनक यात्रा के दो वर्ष पश्चात पछहत्तर व्यक्तियों के एक गिरोह नें हज़रत मोहम्मद स॰ को मक्का आकर रहने का निमंत्रण दिया | मदीना में यहूदी एक मसीह के आने की बाट जोह रहे थे और उनके स्वागत के लिए उन्होंने अपने मूर्तिपूजक निवासियों को तैयार कर रखा था । मदीना लौटने के तीन वर्ष पक्षात आप अचानक बीमार पड़ गये और आपका देहान्त हो गया । आप को महती सिर पीड़ा थी यह घटना 8 जून सन 632 ई॰ को घटी |

हजरत मोहम्मद स॰ के कथनानुसार हज़रत मोहम्मद स॰ को तीन वस्तुएं प्रिय थी (1) स्त्रिया (2) सुगंध (3) स्वादिष्ट भोजन जिसमे मीठी चौजे अधिक प्रिय थी । शहद में खजूरे डालकर खाना प्रिय था | रेशमी कपड़े नापसन्द करते थे सिर पर लम्बे बाल रखते थे | तेल डालकर कधी से मांग निकाला करते थे । आखों में सुरमा लगाते थे और दूसरों को भी सुरमा लगाने की सीख दिया करते थे । आपकी दाढ़ी बढ़ी हुयी थी और मूछे बारीक और न होने के बराबर थी | आपका रंग गोरा और शरीर शक्तिशाली था । कंधे चौड़े थे । आप कद्दावर थे मुख पर हल्की मुस्कान रहती ती थी और बात करते समय प्रत्येक से सभ्यता से पेश आते थे । सबकी बातें बड़े ध्यान से सुनते थे | प्रत्येक प्रश्न का उत्तर उचित एवं

सक्षिप्त सा दिया करते थे | क्रोध पर नियन्त्रण था और तेज चलने की आदत थी । अल्लाह से हमेशा अपनी दुर्बलताओं और त्रुटियों के लिए क्षमा मागते तथा प्रार्थना करते कि आखिर में भी मनुष्य हूं यदि मुझसे किसी को दुख पहुंचा हो तो हे अल्लाह मुझे क्षमा कर दे | कभी हिम्मत नहीं हारते थे दुख और कष्ट में अल्लाह का धन्यवाद करते थे । आपको जादूगर शायर , मजनूं कहा गया आपका अपमान किया गया । आपके रास्ते में गन्दगी , पत्थर तथा कांटे फेक दिये जाते थे मगर आपने इन सबको धैर्य से सहन किया । इतिहास इस बात का साक्षी है कि शत्रुओं ने भी आप पर बदनीयत झूठ बोलने का या अन्य कोई घृणित काम करने का आरोप नहीं लगाया । हजरत आयशा के अनुसार आप देहधारी कूरआन थे | आपमें समस्त सद्गुण उपस्थित थे । नियमित रूप से मस्जिद जाते थे जहा कहीं जगह मिलती यहीं लोगों के बीच बैठ जाते थे | कभी भी किसी विशेष स्थान पर बैठने की इच्छा नहीं करते थे हजरत मोहम्मद स ० के अनुसार समस्त मनुष्य ईश्वर की दृष्टि में समान है रंग और जाति के आधार पर कोई एक दूसरे से श्रेष्ठ नहीं ।

हजरत मोहम्मद स् के चमत्कार –

(1) जब फेंका तो तूने नहीं फेंका , परमात्मा ने फेंका २ : २१८ रे हजरत मोहम्मद से ने बदर के युद्ध के समय एक मुठ्ठी मिट्टी शत्रुओं की ओर फेंकी थी . इससे शत्रु की पराजय हुई ॥ 2) वह घड़ी समीप आयी जब चन्द्रमा खण्डित हो गया ' (51 : 1 : 1) | यह हजरत के सबसे शक्कुलकसर नामक चमत्कार का वर्णन है । हजरत ने अपनी दैवी शक्ति दिखाने के लिए एक बार अंगुली चंद्रमा की ओर की इस पर उसके दो टुकड़े हो गये । जिसको कितने ही उनके अनुयायियों ने देखा । हजरत मोहम्मद स ने किसी नये धर्म की नींव रखने का दावा नहीं किया कि उसी दीन दीन इब्राहिम या इब्राहिम के पंथ का पुन प्रचार करता हैं जो हजरत मोहम्मद स से हजारों वर्ष पूर्व विद्यमान था ।

तफ्सीर (पवित्र क़ुरआन की व्याख्या)

तफ्सीर इब्ने कसीर

सूरा अल कलम 68, आयत 4

और वास्तव में, आप एक ऊँचे चरित्र पर हैं।

अल-अवफी ने इब्न अब्बास से रिपोर्ट की,

"वास्तव में, आप एक महान धर्म पर हैं, और यह इस्लाम है।"

इसी तरह मुजाहिद, अबू मलिक, अस-सुद्दी और अर-रबी बिन अनस ने भी कहा। अद-दहक और इब्न ज़ैद ने भी यह कहा।

सईद बिन अबी अरूबा ने कतादा से रिवायत की है कि उन्होंने अल्लाह के बयान के बारे में कहा,

وَإِنَّكَ لَعَلَى خُلُقٍ عَظِيمٍ

(और वास्तव में, आप एक ऊंचे (मानक के) चरित्र पर हैं)।

"हमें बताया गया है कि साद बिन हिशाम ने आयशा से अल्लाह के दूत के चरित्र के बारे में पूछा, तो उसने उत्तर दिया:

'क्या तुमने कुरान नहीं पढ़ा'

साद ने कहा: 'बेशक।'

फिर उसने कहा: 'वास्तव में, अल्लाह के दूत का चरित्र कुरान था।"

अब्दुर-रज़्ज़ाक ने इसी के समान दर्ज किया और इमाम मुस्लिम ने इसे अपनी पूरी लंबाई में कतादा के अधिकार पर अपने साहिह में दर्ज किया।

इसका मतलब यह है कि वह कुरान में दिए गए आदेशों और निषेधों के अनुसार कार्य करेगा। उनका स्वभाव और चरित्र कुरान के अनुसार तैयार किया गया था, और उन्होंने अपने प्राकृतिक स्वभाव (यानी, शारीरिक स्वभाव) को त्याग दिया। अतः कुरआन ने जो कुछ भी आदेश दिया, उसने उसे किया, और जिस चीज़ से मना किया, उसने उससे परहेज़ किया।

इसके साथ ही, अल्लाह ने उन्हें बुलंद चरित्र भी दिया, जिसमें विनम्रता, दयालुता, बहादुरी, क्षमा, नम्रता और अन्य सभी अच्छे गुण शामिल थे। यह उस तरह है जिसकी पुष्टि अनस ने दो सहीह में की है,

 "मैंने दस वर्षों तक अल्लाह के दूत की सेवा की, और उन्होंने कभी मुझसे नाराजगी का एक शब्द भी नहीं कहा (उफ़), और न ही उन्होंने कभी मेरे किसी काम के बारे में मुझसे कहा: 'तुमने ऐसा क्यों किया"

और जो काम मैं ने नहीं किया उस के विषय में उस ने मुझ से कभी नहीं कहा, तू ने ऐसा क्यों नहीं किया।

उनका चरित्र सबसे अच्छा था, और मैंने कभी भी रेशम या किसी अन्य चीज़ को नहीं छुआ जो अल्लाह के दूत की हथेली से अधिक नरम हो। और मैंने कभी किसी कस्तूरी या इत्र को नहीं सूंघा जिसकी खुशबू अल्लाह के दूत के पसीने से बेहतर हो।"

इमाम अल-बुखारी ने दर्ज किया कि अल-बारा ने कहा,

"अल्लाह के दूत का चेहरा सभी लोगों में सबसे सुंदर था, और उसका व्यवहार सभी लोगों में सबसे अच्छा था। और वह न तो लंबा था, न ही वह छोटा था।"

इस मामले से संबंधित हदीसें असंख्य हैं। अबू ईसा अत-तिर्मिज़ी के पास इस विषय पर किताब अश-शमा'इल नामक एक पूरी किताब है।

इमाम अहमद ने दर्ज किया कि आयशा ने कहा,

"अल्लाह के दूत ने कभी भी अपने नौकर को हाथ से नहीं मारा, न ही उसने कभी किसी महिला को मारा। उसने कभी भी अपने हाथ से किसी चीज को नहीं मारा, सिवाय इसके कि जब वह अल्लाह के लिए जिहाद लड़ रहा हो।"

- और उसे कभी भी दो चीजों के बीच विकल्प नहीं दिया गया, सिवाय इसके कि दोनों में से जो उसे सबसे प्रिय था, वह सबसे आसान था, जब तक कि इसमें पाप शामिल न हो। यदि इसमें पाप शामिल था, तो वह किसी भी अन्य व्यक्ति की तुलना में पाप से अधिक दूर रहा।

- वह अपने साथ किए गए किसी भी काम का बदला नहीं लेगा, सिवाय इसके कि अल्लाह की सीमाओं का उल्लंघन किया गया हो। फिर, उस स्थिति में वह अल्लाह की खातिर बदला लेगा।"

इमाम अहमद ने अबू हुरैरा से यह भी दर्ज किया कि अल्लाह के दूत ने कहा,

إِنَّمَا بُعِثْتُ لِأُتَمِّمَ صَالِحَ الْأَخْلَقِ

मुझे केवल पूर्ण धार्मिक आचरण के लिए भेजा गया है।

इस हदीस को रिकॉर्ड करने में अहमद अकेले थे।

तफ्सीर अहसनुल बयान

सूरह अल अहजआब 33, आयत 21

वास्तव में, आपके लिए अल्लाह के रसूल (1) में एक अच्छा उदाहरण है, उन सभी के लिए जो अल्लाह तआला के पुनरुत्थान के दिन की प्रतीक्षा करते हैं और अल्लाह तआला को बहुत याद करते हैं (2)।

21.1 अर्थात हे मुसलमानों! और पाखंडी! आप सभी के लिए सबसे अच्छा उदाहरण अल्लाह के दूत के रूप में है, भगवान उन्हें आशीर्वाद दें और उन्हें शांति प्रदान करें, इसलिए जिहाद और धैर्य में उनका पालन करें। हमारा यह नबी जिहाद में भूखा मर रहा था यहां तक कि उसे अपने पेट पर पत्थर बांधना पड़ा, उसका चेहरा घायल हो गया, उसका चौथा दांत टूट गया, उसने अपने हाथों से खाई खोदी और लगभग एक महीने तक दुश्मन के सामने खड़ा रहा। हालाँकि यह आयत पार्टियों की लड़ाई के संदर्भ में नाज़िल हुई थी, जिसमें अल्लाह के रसूल (सल्लल्लाहु अलैहि व सल्लम) के अच्छे कामों को सामने रखने और उनका अनुसरण करने का आदेश दिया गया है। लेकिन यह हुक्म आम है यानी पैगम्बर (सल्ल.) की तमाम बातों, अमल और हालात में आपका अनुकरण मुसलमानों के लिए जरूरी है, चाहे वे इबादत से जुड़े हों या समाज से, अर्थव्यवस्था से हों या राजनीति से, हर क्षेत्र में आपकी हिदायतें जीवन। अनिवार्य अनुयायी। 59. अल-हश्र: 7) (यदि तुम अल्लाह से प्रेम करते हो, तो मेरी बात मानो, और अल्लाह तुमसे प्रेम करेगा और तुम्हारे पापों को क्षमा कर देगा, और अल्लाह अत्यंत क्षमा करने वाला, दयालु है) 3. अल-इमरान: 31), की भी यही रुचि है।

21.2 इससे यह स्पष्ट हो गया कि पैगंबर को वही अपनाएगा जो आख़िरत में अल्लाह के मिलने पर विश्वास करता है और बार-बार अल्लाह का ज़िक्र करता है। आजकल मुसलमान आमतौर पर इन दोनों गुणों से वंचित हैं, इसलिए उनके दिलों में पैगंबर मुहम्मद (सल्ल.) का कोई महत्व नहीं है। उनमें जो धार्मिक हैं वे उनके नेता और नेता हैं, और जो सांसारिक और राजनीतिक हैं वे उनके गुरु और नेता हैं। अल्लाह के दूत के प्रति समर्पण के कई मौखिक दावे हैं, लेकिन उनमें से कोई भी उन्हें मार्गदर्शक और नेता के रूप में स्वीकार करने को तैयार नहीं है। फल्ली अल्लाह अल-मुश्तकी।

सूरह अल अहजआब 33, आयत 21

अबू बक्र अल-जज़ैरी (जन्म 1921 ई.)

अबू बक्र अल-जज़ाइरी (मृत्यु 2018 ई.) के शब्दों की असर अल-तफ़सीर की व्याख्या।

शब्द स्पष्टीकरण:

वे पार्टियों को समझते हैं: अर्थात्, वे कायर पाखंडी सोचते हैं कि पार्टियाँ कुरैश और घाटफान हैं।

वे नहीं गये अर्थात् निराश होकर अपने देश को नहीं लौटे।

और यदि पार्टियाँ आती हैं: वह, फिर से, अनिवार्य है।
वे चाहते हैं कि वे बेडौंस के बीच रेगिस्तान में होते: यानी, अपनी कायरता और भय के कारण, वे चाहते हैं कि वे रेगिस्तान में उसके निवासियों के साथ होते।

वे आपकी खबरें पूछते हैं: यानी, यदि वे शुरू में थे, यदि पार्टियां लौट आईं, तो वे आपकी खबरें पूछते हैं, यानी कि क्या आप हार गए या जीत गए।
यदि वे तुम्हारे बीच में होते, तो थोड़े को छोड़ कर न लड़ते। अर्थात् यदि वे तुम्हारे बीच नगर में होते, तो थोड़े को छोड़ कर तुम से न लड़ते।

एक अच्छा रोल मॉडल: यानी एक अच्छा रोल मॉडल जिसका आप अनुसरण कर सकते हैं, भगवान उसे आशीर्वाद दें और उसे अपने देश में लड़ाई और दृढ़ता में शांति प्रदान करें।

यह वही है जो ईश्वर और उसके दूत ने हमसे वादा किया था: परीक्षण और जीत।

और ईश्वर और उसका दूत अपने वादे के प्रति सच्चे थे।

इससे केवल उनका विश्वास और समर्पण बढ़ा: यानी, ईश्वर के वादे में विश्वास और ईश्वर की आज्ञा के प्रति समर्पण।

उन्होंने परमेश्वर से जो वादा किया था, उसके प्रति वे सच्चे थे: अर्थात, उन्होंने अपना वादा पूरा किया।

उनमें से कुछ ने अपनी प्रतिज्ञा पूरी की और शहीद होने तक लड़ते रहे।

उनमें से कुछ इंतज़ार कर रहे हैं: यानी, वे अभी भी ईश्वर के लिए मारे जाने की प्रतीक्षा करते हुए ईश्वर के दूत के साथ लड़ाई लड़ रहे हैं।

और उन्होंने कुछ भी नहीं बदला: अर्थात, अपनी वाचा में, कपटियों के विपरीत, उन्होंने अपनी वाचा तोड़ दी।

ईश्वर ने अविश्वासियों को उनके क्रोध के कारण पुनर्स्थापित कर दिया: अर्थात, ईश्वर ने दुःखों को पुनर्स्थापित कर दिया।संदर्भ अभी भी अल-अहज़ाब की लड़ाई की घटनाओं को बताने में है, जैसा कि सर्वशक्तिमान ईश्वर कहते हैं, "वे सोचते हैं कि पार्टियां नहीं गई हैं।" यानी, वे सोचते हैं कि वे पाखंडी कायर हैं जिन्होंने कहा कि हमारे घर शर्मनाक हैं और अपने भाइयों से कहा, "हमारे पास आओ।" अर्थात, मुहम्मद को अग्रभूमि में अकेला छोड़

दो। अपनी कायरता के कारण, उन्होंने सोचा कि दल चले जाने के बावजूद अपने देश में नहीं लौटे हैं, और यह अत्यंत कायरता है और डर, और सर्वशक्तिमान का कहना {और यदि पार्टियां आती हैं} फिर से अर्थ, धारणा और आदेश के आधार पर {वे चाहेंगे} उस दिन {कि वे बेदौइन के बीच अकेले थे} मतलब शहर के बाहर बेदौइन के साथ रेगिस्तान में आक्रमण करने वाले दलों के प्रति उनके गहन भय और उनके सर्वशक्तिमान के कहने के लिए {वह पूछता है और आपकी खबर के बारे में} यानी, आपकी खबर है? क्या पार्टियों ने आप पर जीत हासिल की या नहीं, {और यदि वे आपके बीच में थे} आपके बीच में है और रेगिस्तान में नहीं है {उन्होंने आपसे थोड़ा सा छोड़कर नहीं लड़ा होगा} और यह उनकी कायरता और लड़ने के लाभ में विश्वास की कमी के कारण है क्योंकि सर्वशक्तिमान ईश्वर से मिलने और उनके इनाम में उनका अविश्वास है और सज़ा। पहली आयत [20] में यही शामिल है।

और सर्वशक्तिमान ईश्वर दूसरी आयत में कहता है [21] {वास्तव में ईश्वर के दूत में आपके लिए एक अच्छा उदाहरण है जो ईश्वर और अंतिम दिन पर आशा रखता है और अक्सर ईश्वर को याद करता है} जिसका अर्थ है: उसने आपके पास एक ।

सूरह अल क़लम 68 आयत 4

तफ्सीर अबू बक्र अल-जज़ैरी (जन्म 1921 ई.)
अबू बक्र अल-जज़ाइरी (मृत्यु 2018 ई.) के शब्दों की असर अल-तफ़सीर की व्याख्या।
शब्द स्पष्टीकरण:
एनईवी: यह असंबद्ध अक्षरों में से एक है, जिसे एनईवी की तरह लिखा जाता है और नन के रूप में पढ़ा जाता है।

और कलम और वे क्या लिखते हैं: अर्थात्, वह कलम जिससे स्मरण, "नियति" लिखा जाता है और जिससे वे लिखते और लिखते हैं।

आप अपने भगवान की कृपा से नहीं हैं: यानी, आप उस भविष्यवाणी के कारण नहीं हैं जो भगवान ने आपको दी थी और जो पूर्णता उन्होंने आपको दी थी।

पागल: यानी पागल, जैसा कि बहुदेववादी दावा करते हैं।

कृतज्ञ नहीं: अर्थात यह बाधित नहीं है, बल्कि यह शाश्वत है।

तुममें से कौन मोहित है? अर्थात् तुममें से कौन पागल है?

श्लोक का अर्थ:

सर्वशक्तिमान ईश्वर का कहना {n} असंबद्ध अक्षरों में से एक है, जैसे कि क्यूई, वासी, और हाहमी। ईश्वर सबसे अच्छी तरह से जानता है कि इसका क्या मतलब है, और उसके सर्वशक्तिमान का कहना {और कलम और वे क्या लिखते हैं}, उस कलम से क्या मतलब है जो पहली चीज़ बनाई गई थी उसे लिखा और उससे कहा, "लिखो," और उसने कहा, "मैं नहीं लिखूंगा।" उसने कहा, "पुनरुत्थान के दिन तक जो होगा उसे लिखो," और उसने ऐसा ही किया। वे लिखते हैं, अर्थात्, फ़रिश्ते संरक्षित पट्टिका से जो लिखते और लिखते हैं, और माननीय लेखक सेवकों के कार्यों से जो लिखते हैं वह मेरी शपथ है, अर्थात सर्वशक्तिमान दो चीजों की कसम खाता है, पहला है कलम, और दूसरा है क्या उसने जो कुछ भी बनाया, उसमें से लिखा और लिखा। उनके कहने से जो विभाजित होता है {आप अपने भगवान की कृपा से पागल नहीं हैं} उन बहुदेववादियों का खंडन है जिन्होंने कहा कि मुहम्मद पागल हैं क्योंकि उन्होंने रहस्योद्घाटन के बारे में देखा और उन लोगों पर इसका प्रभाव पड़ा जिन्हें भगवान ने निर्देशित किया है विश्वास, और सर्वशक्तिमान का कथन {और वास्तव में तुम्हारे लिए विश्वास से परे एक इनाम है} यह इसके अंतर्गत शामिल है।

Amen एक परिचय
(तथास्तु)
हेब: आमीन (), जिसका अर्थ है "ऐसा ही हो", यानी, इसे "वास्तव में", "वास्तव में" होने दें।
जीके: अमाने ()

यहूदी और ईसाई प्रार्थना में, इसे प्रार्थना के अंत में जोड़ा जाता है, जिसमें भगवान से पहले की गई सभी प्रार्थनाओं को पूरा करने के लिए कहा जाता है।

यदि देवदूत के साथ मेल हो जाए, तो पाप क्षमा हो जाएंगे,
अबू हुरैरा से रिवायत है:
अल्लाह के रसूल ने कहा, "आमीन कहो' जब इमाम कहते हैं "ग़ैर-इल-मग़दुबी 'अलैहिम वाला-ददल-लिन; उन लोगों का मार्ग नहीं जो आपका क्रोध अर्जित करते हैं (जैसे कि यहूदी) और न ही उनका मार्ग जो भटक जाते हैं (जैसे ईसाई); जिस शख़्स की (अमीन की) बात फ़रिश्तों की बात से मेल खाएगी उसके पिछले सारे गुनाह माफ़ कर दिए जायेंगे। (सहीह बुखारी 1.749। सहीह बुखारी 1.747, सहीह बुखारी 1.748, सहीह बुखारी 4.446 भी देखें)

BIBLE.CA

ईसा मसीह (हज़रत ईसा (अ ॰) का जीवन परिचय- (ईसाई धर्म)

हज़रत ईसा का जन्म कुंवारी मरियम के गर्भ से अनुमानतः 4 ई ॰ पू . यहूदिया (जूडिया) प्रान्त के बेचलहम नामक नगर की एक सराय की गोशाला में हुआ था । ईसा मसीह या जीसस क्राइस्ट (Jesus Christ) एक यहूदी थे । उनके जीवन का प्रामाणिक वर्णन उपलब्ध नहीं है । बाईबिल और न्यू टेस्टामेण्ट के आधार पर इतना अवश्य ज्ञात होता है कि बचपन से ही ईसा की रूचि धार्मिक ग्रन्थों की टीकाएं और भाग्य पढ़ने में थी । धर्मशास्त्रों के अध्ययन में भी वह विशेष दिलचस्पी लेते थे । सत्य की प्राप्ति और ईश्वर को समझने की जिज्ञासा उनके हृदय में बहुत छोटी उम्र से ही थी, अवसर निकालकर वे जंगल में चले जाते , विद्वानों और धार्मिकों से वार्तालाप करते । बड़े होने पर ईसा ने अपने पिता यूसुफ का पेशा सीख लिया और लगभग 30 साल की आयु तक उसी गाँव में रहकर बढ़ई का काम करते रहे । बाद में वह इस कार्य को छोड़कर अपने उद्देश्य की पूर्ति में लग गये । ईसा के जीवन की मुख्य घटना 27 ई ॰ में यूहन्ना से भेंट थी यूहन्ना यहूदी थे और जोर्डन नदी के तट पर रहते थे । यहीं से उनका आध्यात्मिक जीवन शुरू हुआ । चालीस दिनों तक वह जूडिया के रेगिस्तान में रहे ।

लोगों का विश्वास था कि रेगिस्तान में भूत प्रेतों और दुष्ट आत्माओं का निवास है । जब ईसा वहाँ रहे , तब लोगों ने अनेक प्रकार की बातें कहनी शुरू की । शैतान से उनका घोर संघर्ष हुआ । अन्त में अनेक प्रलोभनों पर विजय प्राप्त करने तथा 40 दिन की कठोर तपस्या करने के बाद उन्होंने अपने को पहचाना ।

ईसा ने कहा संसार में पाप का राज्य हो रहा है । शैतान यहाँ का शासक है । सब उसी की आज्ञा का पालन करते हैं । शासक महात्माओं को मरवा डालते हैं । विद्वान और पुरोहित जैसा वैसा आचरण नहीं करते । भले लोगों के लिए रोने धोने के अलावा इस संसार में कुछ नहीं है । पाप का घड़ा भर गया है और वह फूटने ही वाला है । इसके बाद ही ईश्वर के राज्य की बारी है . यह राज्य एक आकस्मिक घटना की भाँति उदित होगा और मानवता को पुनर्जीवन प्राप्त होगा । "

ईसा यहूदियों के धर्मग्रंथ को तो प्रमाणिक मानते थे किंतु वह शास्त्रियों की भांति उसकी निरी व्याख्या ही नहीं करते थे बल्कि उसके नियमों को परिष्कृत करने का भी साहस करते थे । पर्वत प्रवचन में उन्होंने मैं मूसा के नियम तथा नबियों की शिक्षा रद्द करने नहीं बल्कि पूरा करने आया हूँ।

ईसा ने धीरे धीरे यह प्रकट किया कि , " मैं ही मसीह , ईश्वर का पुत्र है । स्वर्ग का राज्य स्थापित करने स्वर्ग से आया है । इस पर यहूदी नेताओं में विरोध उत्पन्न हो गया और उन पर धर्मद्रोह का आरोप लगाया गया । रोमन गवर्नर पोन्टियस पाइलेट के हुएम से उन्हें अप्रैल 30 ई ॰ मे यरूशलेम के उत्तर पश्चिमी के फाटक के बाहर सूली पर लटका दिया गया

। तीन दिन बाद ईसा पुनः जीवित हो गए । ईसा के पुनर्जीवित होने से उनके अनुयायियों का साहस बढ़ा और वे धूम धूम कर संसार के लोगों को प्रभु के राज्य का उपदेश देने लगे । कुरआन शरीफ में मसीह के क्रूस पर चढ़ाने का उल्लेख सांकेतिक रूप में केवल सूर अन निसा में मिलता है । इस प्रकार है हालांकि न तो उन्होंने उसे कत्ल किया और न उसे सूली पर चढ़ाया , बल्कि वे घपले में पड़ गये (4 : 158) इस धोखे का उन्हें ज्ञात नहीं । निस्सन्देह उन्होंने मसीह का वध नहीं किया बल्कि उसे अल्लाह ने अपनी ओर उठा लिया और किसी अन्य व्यक्ति को जो मसीह के समान दिखाई देता था . क्रूस पर चढ़ा दिया । (सूर 4:58) । कुरआन शरीफ में मसीह ने कहा ' निस्संदेह अल्लाह ही मेरा भी रब है और तुम्हारा भी ' रब ', तो उसकी ही बन्दगी करो यह सौधा मार्ग है (सूर : 3:31) ।

हजरत ईसा के चमत्कार– ' जब परमात्मा ने कहा है मरियम पुत्र ईसा तुझ पर और माता पर मेरे उपकार याद कर जब हमने तुझे पवित्रात्मा द्वारा सहायता दी , तो , तू गोद में और बड़ी अवस्था में मनुष्यों से बात करता और हमने तुझे युक्त ईश्वरी पुस्तक तोरेत और इंजील सिखलाई जब तुम मिट्टी से पक्षी की सूरत बनाता था और उसमें फूंक मारता तो वह मेरी आज्ञा से सजीव पक्षी हो जाता । तू मेरी आज्ञा से जन्म के अन्धे और कोढियों को चंगा करता , मेरे हुक्म से मुर्दे को (जिन्दा कर) बाहर निकालता । जब तू उनके पास प्रमाण के साथ आया और हमने इसाईल सन्तान को तुझसे रोका तो उनमें से नास्तिक कहने लगे कि यह खुला जादू है । (5152) ।

यीशु
एक है
<u>मैरी का बेटा</u>

जोशुआ, हिब्रू येहोशुआ के समकक्ष, जिसका अर्थ है "ईश्वर मुक्ति है" या "ईश्वर बचाता है"।

यह भी देखें परमेश्वर का वचन, यीशु के लिए एक उपाधि।

यीशु शायद इस्लाम में सबसे विवादास्पद चरित्र है, और इस प्रकार यीशु के बारे में इस्लामी साहित्य की एक बड़ी मात्रा मौजूद है। सामान्य तौर पर, जबकि मुसलमान इस बात की पुष्टि करते हैं कि यीशु ने चमत्कार किए थे और उनमें विशेष गुण थे जो अन्य पैगंबरों में नहीं थे, मुसलमान अभी भी मानते हैं कि यीशु एक पैगंबर से ज्यादा कुछ नहीं थे। मुसलमानों का मानना है कि उनका दर्जा अन्य पैगम्बरों से ऊपर है, लेकिन मुहम्मद के दर्जे से नीचे है, बावजूद इसके कि यीशु में वे गुण थे जो मुहम्मद में भी नहीं थे।

यीशु का इस्लामी नाम क्या है? ईसा, एसाव या येसु?

मुसलमान यीशु को "ईसा" कहते हैं। इस विचित्र संबंध को समझाने के लिए कई प्रयास किए गए हैं। अहमद दीदात ने लिखा:

"पवित्र क़ुरान यीशु को "ईसा" के रूप में संदर्भित करता है, और यह नाम किसी भी अन्य उपाधि की तुलना में अधिक बार उपयोग किया जाता है, क्योंकि यह उनका "ईसाई" नाम था। वास्तव में, उनका उचित नाम "ईसा" (अरबी), या "एसाव" था। (हिब्रू); शास्त्रीय "येहेशुआ", जिसे पश्चिम के ईसाई राष्ट्रों ने जीसस के रूप में लैटिनीकृत किया। जीसस नाम में न तो "जे" और न ही दूसरा "एस" मूल भाषा में पाया जाता है - वे मूल भाषा में नहीं पाए जाते हैं। सामी भाषा.
यह शब्द बहुत ही सरल है - "ई एस ए यू" - एक बहुत ही सामान्य यहूदी नाम, जिसका प्रयोग केवल बाइबल की पहली पुस्तिका में, "उत्पत्ति" नामक भाग में, साठ से अधिक बार किया गया है। महासभा के समक्ष यीशु के मुकदमे के समय "बेंच" पर कम से कम एक "यीशु" बैठा था। यहूदी इतिहासकार जोसेफस ने अपनी "पुरातन वस्तुओं की पुस्तक" में लगभग पच्चीस यीशु का उल्लेख किया है। नया नियम "बार-जीसस" की बात करता है - एक जादूगर और जादूगर, एक झूठा भविष्यवक्ता (अधिनियम 13:6); और "जीसस-जस्टस" भी - एक ईसाई मिशनरी, पॉल का समकालीन (कुलुस्सियों 4:11)। ये मरियम के पुत्र यीशु से भिन्न हैं। "एसौ" को (जे)एसू(औ) - यीशु - में बदलना इसे अद्वितीय बनाता है। ईसा के बाद दूसरी शताब्दी से यह अनोखा (?) नाम यहूदियों और ईसाइयों के बीच प्रचलन से बाहर हो गया। यहूदियों के बीच, क्योंकि यह उनके ईश्वर (?) - उनके अवतार ईश्वर का उचित नाम बन गया। मुसलमान अपने बेटे का नाम - "ईसा" रखने में संकोच नहीं करेगा - क्योंकि यह एक सम्मानित नाम है, भगवान के एक नेक सेवक का नाम है।" (अहमद दीदात, क्राइस्ट इन इस्लाम, अध्याय 2)

एसाव जैकब का बड़ा जुड़वां भाई है, और हिब्रू में उसके नाम का अर्थ "बालों वाला" है, क्योंकि वह बहुत बालों वाला व्यक्ति था। उसे एदोम भी कहा जाता था, जिसका अर्थ है "लाल", क्योंकि वह भी लाल दिखता था (उत्पत्ति 25:25)। हालाँकि, यीशु के नाम का अर्थ है "भगवान बचाता है"।

दीदात ने "जे" और "एस" अक्षरों को हटाकर एसाव को यीशु में बदलने का प्रयास किया। दूसरे शब्दों में, वह स्पेलिंग Esau <-->esu पर खेल रहा था, जिसमें केवल एक अक्षर का अंतर था। हालाँकि, पाठक को हिब्रू के बजाय अंग्रेजी वर्तनी के साथ खेलने की घातक गलती को पहचानने में सक्षम होना चाहिए। दूसरे, दीदत पूरी तरह से भूल गए कि उन्हें "एसाव" और "येहोशुआ" के बीच व्युत्पत्ति संबंधी संबंध पर ध्यान केंद्रित करना चाहिए,

यानी "बालों वाले" या "लाल" के साथ "भगवान बचाता है"। इन दो हिब्रू नामों के बीच अर्थ में अंतर को देखते हुए, यह संबंध न केवल कमजोर है, बल्कि बेहद शरारती भी है। यह काफी आश्चर्यजनक है कि दीदात को जोशुआ नाम की उपेक्षा करनी चाहिए, जो कि यीशु का हिब्रू समकक्ष है।

दीदत भी बहुत शरारती था जब उसने यह दिखाने के लिए कि यह एक सामान्य यहूदी नाम था, बाईबिल में (उत्पत्ति में) 60 से अधिक बार प्रकट हुए एसाव का उदाहरण दिया। दीदत अपने पाठकों को यह बताने में असफल रहा कि बाईबिल में 81 घटनाओं में से प्रत्येक स्वयं एसाव या उसके वंशजों (एक राष्ट्र के रूप में) को संदर्भित करता है। दीदत को लगता है कि जितनी बार एक ही व्यक्ति का उल्लेख किया जाएगा, इसका मतलब यह होगा कि आसपास ऐसे और भी लोग होंगे। दरअसल, बाइबल में किसी अन्य व्यक्ति को एसाव नहीं कहा गया था! यदि हम उसी तर्क को लागू करते हैं, तो मुहम्मद एक अत्यंत सामान्य नाम रहा होगा, अन्य की तुलना में अधिक सामान्य, क्योंकि यह कुरान में कई बार दिखाई देता है।
वैसे, क्या कोई समझा सकता है कि दीदत का क्या मतलब है "(यीशु नाम प्रचलन से बाहर हो गया था)। यहूदियों के बीच, क्योंकि यह उनके भगवान (?) - उनके अवतार भगवान" का उचित नाम हो गया? एक यहूदी ऐसा कैसे कर सकता है? शायद उनकी कलम में कोई चूक है?

एक मुस्लिम ने इंटरनेट पर लिखा है कि: "एक स्पष्टीकरण यह है कि मुहम्मद ने मदीना में अविश्वासी यहूदियों से यह नाम सीखा था। ईसाइयों के प्रति अपनी कथित नफरत में, यहूदियों ने इसहाक के पुत्र यीशु को एसाव कहा था, जिसने अपने भाई जैकब के लिए अपना आशीर्वाद खो दिया था (जनरल 27)। मुहम्मद ने यह नाम बिना उस अपमानजनक अर्थ के लिया जो यहूदी चाहते थे। कुरान में यीशु का उल्लेख 97 बार किया गया है, 23 बार [मेरा नोट: या यह 25 है?] मरियम के पुत्र यीशु के रूप में ।"

कठिनाई को हल करने का ऐसा प्रयास एक और सवाल पैदा करता है। मुहम्मद को अपने मूल नाम के बजाय ऐसे अपमानजनक अर्थ वाले नाम का उपयोग क्यों करना चाहिए, जिसमें ऐसा कोई "ऐतिहासिक" सामान नहीं है। मुसलमानों ने अक्सर आरोप लगाया कि यहूदी और ईसाई ईश्वर के पैगम्बरों को खराब छवि में चित्रित करते हैं (उदाहरण के लिए बाइबिल में अपने पापों को दर्ज करके, जिसे मुसलमान कभी भी होने से इनकार करते हैं)। हालाँकि, इस मामले में, न केवल मुहम्मद यीशु को उचित नाम लौटाने में विफल रहे, बल्कि उन्होंने और उसके बाद सभी मुसलमानों ने यीशु को अपमानजनक अर्थ वाला नाम देना जारी रखा, और इससे भी बदतर, एक ऐसा नाम जिसका यीशु से कोई संबंध नहीं था। यहां तक कि अर्थ में भी करीब आ रहा है.

यीशु की अवधारणा

यह चमत्कारी गर्भाधान बाइबल में इस प्रकार दर्ज है, ``स्वर्गदूत ने उत्तर दिया, "पवित्र आत्मा तुम पर आएगा, और परमप्रधान की शक्ति तुम पर छा जाएगी। इसलिए जो पवित्र पैदा होगा वह परमेश्वर का पुत्र कहलाएगा।" ।" (लूका 1:35) इसमें किसी भी प्रकार का यौन संबंध शामिल नहीं था।

ईसाई धर्म में, पवित्र आत्मा ईश्वरत्व में तीसरा व्यक्ति है। पाठक को याद दिलाया जाना चाहिए कि इस्लाम में, पवित्र आत्मा आवश्यक रूप से ईश्वर को संदर्भित नहीं करता है, बल्कि देवदूत गेब्रियल को संदर्भित करता है, जिसके बारे में माना जाता है कि वह मुहम्मद को दिखाई दिया था। इस प्रकार, यह समझना आसान है कि मुसलमान कैसे सोचते हैं कि ईसाई मानते हैं कि यीशु की कल्पना गेब्रियल और मैरी के बीच मिलन के कारण हुई थी। विचारशील पाठक आसानी से देखेगा कि ईसाइयों को निश्चित रूप से ऐसा दावा अत्यंत अपमानजनक और ईशनिंदापूर्ण लगेगा।

इस घटना से संबंधित कुरान के अंश मरियम 19:19-21 में पाए जाते हैं; अत-तहरीम 66:12.

अल-सद्दी के चमत्कार का संस्करण निम्नलिखित बताता है:
``उसने उसकी आस्तीन पकड़ ली और उसकी बगल में सांस ली, और यह उसके स्तन में घुस गई और वह गर्भवती हो गई। तब मरियम की बहन, जकरयाह की पत्नी, उससे मिलने और उसकी सहायता करने आई, और जब वह उसकी सहायता कर रही थी तो उसे पता चला कि मरियम गर्भवती थी और मरियम ने उससे अपनी स्थिति का वर्णन किया।

जकर्याह की पत्नी ने कहा, "मैं देखती हूं कि जो बच्चा मेरे पेट में है, वह उसी की पूजा करता है जो तुम्हारे पेट में है।"

एक अन्य वृत्तान्त से पता चलता है कि श्वास उसके मुँह से होकर उसके गर्भ तक पहुँची और तुरन्त वह गर्भवती हो गई।"

ध्यान दें: कई अन्य मामलों की तरह, कुरान जकर्याह की पत्नी की पहचान नाम से नहीं करता है, लेकिन बाइबिल में कहा गया है कि जकर्याह की पत्नी एलिजाबेथ है। बाइबल कहती है कि वह मैरी की रिश्तेदार है (देखें लूका 1:5-56), जबकि अल-सद्दी ने कहा कि

वह मैरी की बहन है। जकर्याह का पुत्र निस्संदेह जॉन द बैपटिस्ट है। सबसे दिलचस्प बात यह है कि अल-सद्दी ने कहा कि जॉन बैपटिस्ट ने गर्भ में रहते हुए यीशु की पूजा की थी।

अल-बैदावी ने यीशु के चमत्कारी जन्म पर टिप्पणी की,

"यह अंतर मसीह को अन्य मनुष्यों और दूतों से अलग करता है, क्योंकि वह बिना किसी मानवीय आलिंगन या रिश्ते के पैदा हुआ था।"

यह कथन इस मायने में महत्वपूर्ण है कि इसका मतलब यह भी है कि ईसा मसीह को मुहम्मद और किसी अन्य पैगम्बर से अलग रखा गया था।

अल फखर अल रज़ी ने समझाया कि "निर्दोष" का पहला अर्थ यह है कि ईसा मसीह पाप रहित थे; दूसरा, वह ईमानदारी से बड़ा हुआ, जैसा कि कहा जाता है कि जिसमें कोई पाप नहीं है वह पवित्र है और बढ़ते पौधे में पवित्रता है; और तीसरा, वह निन्दा से ऊपर और शुद्ध था। मुहम्मद भी पापरहित नहीं थे। अधिक जानकारी के लिए मुहम्मद देखें।

यीशु की मृत्यु

ईसा मसीह की मृत्यु इस्लाम में एक और बहुत विवादास्पद विषय है।

इब्न सईद के अनुसार, पृ. 244, यीशु 125 वर्ष जीवित रहे:

...और कोई पैगम्बर नहीं हुआ लेकिन उसने अपने पूर्ववर्ती पैगम्बर का आधा जीवन जीया है। मरियम का पुत्र यीशु एक सौ पच्चीस वर्ष तक जीवित रहा, और यह मेरे जीवन का बासठवाँ वर्ष है। इसके आधे वर्ष बाद उनकी (पैगंबर की) मृत्यु हो गई।

हालाँकि, इस सिद्धांत का समर्थन करने के लिए ऐसा कोई सबूत पेश नहीं किया गया है।

कुरान में यीशु की मृत्यु से संबंधित कम स्पष्ट अंश अल-इमरान 3:55 हैं; अन-निसा 4:155-159; अल-मैदा 5:110-117; मरियम 19:33. जॉन की मृत्यु भी देखें (मरियम 19:15)। वाक्यांश "उन्हें ऐसा ही प्रतीत हुआ" (4:157 में शुब्बिहा लहुम) काफी विवादास्पद है:

``इन छंदों का उद्देश्य अविश्वास के विभिन्न कृत्यों के लिए यहूदियों और विशेष रूप से मदीना में मुहम्मद के समकालीनों को फटकारना है, और वे केवल क्रूस पर चढ़ने की कहानी को संदर्भित करते हैं। मुहम्मद के प्रति उनके विरोध के साथ-साथ अविश्वास के अन्य कृत्यों के लिए यहूदियों पर हमले के इस संदर्भ में, सूली पर चढ़ाए जाने का संदर्भ यहूदियों द्वारा किए गए दावे पर विवाद करने से ज्यादा कुछ नहीं है कि उन्होंने ईसाई मसीहा को त्याग दिया था और उसे अस्वीकार कर दिया था। उसे क्रूस पर चढ़ाकर ईश्वर का प्रेरित होने का दावा करता है।

विशेष रूप से, वाक्यांश 'उन्होंने उसे नहीं मारा, न ही उन्होंने उसे सूली पर चढ़ाया' का मतलब यह नहीं है कि सूली पर चढ़ाया नहीं गया था, लेकिन अगर ऐसा हुआ भी था, तो वह ईश्वर था जो अंतिम घंटों के दौरान जो कुछ भी हुआ उसके लिए जिम्मेदार था। मसीहा के जीवन के बारे में और यह कि यहूदियों ने जो कुछ भी किया वह ईश्वर की इच्छा की अनुमति से ही किया। अल-अनफाल 8:17 में इसी तरह का एक उदाहरण मिलता है जिसमें बद्र की लड़ाई में मुसलमानों के कार्यों को भगवान के लिए जिम्मेदार ठहराया गया है, न कि उनकी अपनी इच्छा के लिए; उन्होंने वास्तव में हत्या की और हत्या की, लेकिन केवल भगवान की अनुमति और निर्देश से।

 इसलिए, ये छंद स्पष्ट रूप से क्रूस पर चढ़ने की ईसाई कहानी से इनकार नहीं करते हैं, क्योंकि वे मुख्य रूप से ईसाइयों के खिलाफ यहूदी दावों का उल्लेख करते हैं..." (डेविड ब्राउन, द क्रॉस ऑफ द मसीहा, एसपीसीके, 1969, पृ. 31- 32)

 कुरान की इस आयत में प्रयुक्त मुतावफ्फि-का का अर्थ है किसी चीज़ को समग्र रूप से प्राप्त करना और इसलिए इसका उपयोग यह इंगित करने के लिए किया जा सकता है (i) किसी वस्तु या राशि को पूरी तरह से प्राप्त करना। (ii) रात को सोते समय किसी का प्राण लेना। (iii) किसी की आत्मा को अंततः तब लेना जब किसी व्यक्ति ने अपने जीवन का हिस्सा पूरी तरह से प्राप्त कर लिया हो' [हसन, एस: द स्टडी ऑफ अल कुरान: पाठ 14]

"अल-इमरान 3:55 में, वाक्यांश 'मैं तुम्हें इकट्ठा कर रहा हूं', और अल-माइदा 5:117 में, वाक्यांश "जब तू मुझे ले गया" एक ही अरबी शब्द तवाफ़ा के रूप हैं।

 ये दोनों छंद अपने जीवन के अंत में यीशु की ईश्वर के पास वापसी का उल्लेख करते हैं, और उनकी सबसे सीधी व्याख्या यह है कि वे अपने सांसारिक जीवन के अंत में यीशु की प्राकृतिक मृत्यु का उल्लेख करते हैं। तवाफ़ा का प्रयोग अक्सर कुरान में मृत्यु के समय आत्मा को ईश्वर के पास लाने के अर्थ में किया जाता है, दोनों जब क्रिया का विषय ईश्वर है (जैसे, अल-इमरान 3:193; यूनुस 10:46), और जब विषय स्वर्गदूत हैं (जैसे, अन-नहल 16:28; अस-सजदा)।

हालाँकि, तवाफ़्फ़ा शब्द मूल रूप से एक ऐसे व्यक्ति के लिए इस्तेमाल किया गया था जो अपने देय या अपने अधिकारों का पूरा भुगतान प्राप्त कर रहा है, और जब क़ुरान में भगवान का उपयोग किया जाता है तो इसका मतलब है कि लोगों को उसकी उपस्थिति में अपना हिसाब-किताब चुकाने के लिए बुलाया जाता है, या तो मृत्यु पर, या नींद में जब आत्मा ईश्वर के पास आती है लेकिन पृथ्वी पर जीवन की अगली अवधि के लिए शरीर में वापस आ जाती है.

इस प्रकार मसीहा के संदर्भ में इन दो अंशों में तवाफ़ा शब्द का उपयोग अस्पष्ट है और इसका सटीक अर्थ क़ुरान में अन्य छंदों पर विचार करके निर्धारित किया जाना चाहिए: इसका मतलब यह हो सकता है कि यीशु की प्राकृतिक मृत्यु हुई, लेकिन यह हो सकता है इसका मतलब यह भी है कि उसे शारीरिक मृत्यु का अनुभव किए बिना स्वर्ग ले जाया गया था।" (डेविड ब्राउन, द क्रॉस ऑफ द मसीहा, एसपीसीके, 1969, पृ.29-30)

अरबी में "मैं तुम्हें इकट्ठा कर रहा हूं" इनी मुता-वफ़-फीका है जिसका अर्थ है मृत्यु। कुरान में मरियम 19:33 में यीशु के शब्दों और मरियम 19:15 में जॉन द बैपटिस्ट की मृत्यु के बीच समानता की तुलना करें:

"उस पर शांति हो जिस दिन वह पैदा हुआ, और जिस दिन वह मरेगा, और जिस दिन वह जीवित उठाया जाएगा!" (सूरह मरयम 19:15, पिकथॉल)

"जिस दिन मैं पैदा हुआ, और जिस दिन मैं मरूंगा, और जिस दिन मैं जीवित उठाया जाऊंगा, उस दिन मुझ पर शांति हो! (सूरा मरियम 19:33, पिकथॉल)

दिलचस्प बात यह है कि कोई भी मुस्लिम विद्वान यह तर्क नहीं देता है कि जॉन बैपटिस्ट की मृत्यु नहीं हुई थी, जबकि उनका तर्क है कि कुरान में लगभग सटीक शब्दों के बावजूद, यीशु की मृत्यु नहीं हुई थी।

अल मुथन्ना अब्द अल्लाह इब्न सलीह, मुआविहे और अली इब्न अब्बास को उद्धृत करते हुए कहते हैं कि इन्नी मुतवफ्फिका का अर्थ है "मैं तुम्हें मरने का कारण बनता हूं।"

``यह महत्वपूर्ण है कि प्रारंभिक टिप्पणीकार इन छंदों की व्याख्या के बारे में सहमत नहीं थे। ऐसा प्रतीत होता है कि कई शताब्दियों तक सूली पर चढ़ने के बारे में मुसलमानों के बीच काफी बहस हुई थी, और रूढ़िवादी मुसलमानों द्वारा कई अलग-अलग उत्तर दिए गए थे।" (कॉलिन चैपमैन, यू गो एंड ड्रू द सेम, 1983, पृष्ठ 83)

साहिह बुखारी में, हमारे पास निम्नलिखित हैं:

इब्न अब्बास ने कहा:
अल्लाह के रसूल ने एक उपदेश दिया और कहा, "हे लोगों! तुम्हें अल्लाह के सामने नंगे पैर, नग्न और बिना खतना के इकट्ठा किया जाएगा।" फिर (कुरान का हवाला देते हुए) उन्होंने कहा:--

"जैसा कि हमने पहली रचना शुरू की, हम इसे दोहराएंगे। हमने एक वादा किया है: वास्तव में हम इसे पूरा करेंगे।" (21.104)

पैगंबर ने तब कहा, "पुनरुत्थान के दिन सबसे पहले कपड़े पहने जाने वाले इंसान इब्राहीम होंगे। लो! मेरे अनुयायियों में से कुछ लोगों को लाया जाएगा और फिर (स्वर्गदूत) उन्हें बाईं ओर (नर्क) में ले जाएंगे -आग)। मैं कहूंगा। 'हे भगवान! (वे) मेरे साथी हैं!' फिर (सर्वशक्तिमान की ओर से) उत्तर आएगा, 'तुम्हें नहीं पता कि उन्होंने तुम्हारे बाद क्या किया।' जैसा कि पवित्र दास (पैगंबर यीशु) ने कहा था, मैं कहूंगा: और जब मैं उनके बीच में रहता था तो मैं उन पर गवाह था। जब आपने मुझे उठाया था। आप उन पर नजर रखने वाले थे और आप सभी चीजों के गवाह हैं।' (5.117) फिर यह कहा जाएगा, "जब से आपने उन्हें छोड़ा है तब से ये लोग धर्मत्यागी बने हुए हैं।" (सहीह बुखारी 60.149)।

अनुवादक ने वाक्यांश का प्रयोग किया, "जब तुमने मुझे उठाया"। हालाँकि, उस हदीस के संदर्भ में, मुहम्मद अपनी मृत्यु का भी जिक्र कर रहे थे। और सभी मुसलमान इस बात से सहमत हैं कि मुहम्मद की मृत्यु हो गई और उन्हें स्वर्ग में नहीं उठाया गया।

'यहां इस्तेमाल की गई अभिव्यक्ति मुतवफ्फि-का का मतलब है, मैं तुम्हें लोगों द्वारा मारे जाने से बचाऊंगा और तुम्हें तुम्हारे लिए निर्धारित जीवन का पूरा पट्टा दूंगा, और तुम्हें मारे जाने से नहीं, बल्कि प्राकृतिक मौत मरवाऊंगा' [ज़मखशारी, इमाम महमूद इब्न 'उमर: अल कशशाफ' एक घवामिद लाल तंजील] वह नींद का भी उल्लेख करते हैं और यथासंभव अर्थ लेते हैं।
सुयुति ने लोकप्रिय तफ़सीर अल-जलालीन में टिप्पणी की कि मुतावफ़िका आपको बिना मौत के ले जाएगी (पृष्ठ 48)।

``मसीह के विकल्प का विचार कुरान पाठ की व्याख्या करने का एक बहुत ही अपरिष्कृत दृष्टिकोण है। उन्हें जनता को बहुत कुछ समझाना पड़ा। आजकल कोई भी सुसंस्कृत मुसलमान इस पर विश्वास नहीं करता। पाठ का अर्थ यह निकाला जाता है कि यहूदियों ने सोचा था कि उन्होंने ईसा मसीह को मार डाला, लेकिन भगवान ने उन्हें इस तरह से अपने

पास उठाया कि हम उन कई रहस्यों के बीच अस्पष्टता छोड़ सकें जिन्हें हमने केवल विश्वास के आधार पर मान लिया है।" (कमल हुसैन, गलत शहर, पृष्ठ 222)

दरअसल, कई मुसलमान, चाहे सुसंस्कृत हों या नहीं, इस सिद्धांत में विश्वास करते हैं।

संस्थागत मृत्यु के सिद्धांत के संबंध में, परिंडर ने प्रारंभिक ईसाइयों के बारे में निम्नलिखित जानकारी दी:

'कुछ ईसाई हलकों में यह मानने की अनिच्छा पैदा हो गई कि यीशु, एक दिव्य प्राणी और ईश्वर के पुत्र के रूप में, वास्तव में मर सकते हैं। इग्नाटियस ने 115 ई. के बारे में लिखते हुए कहा कि कुछ लोगों का मानना था कि यीशु को 'समान रूप से कष्ट सहना पड़ा।' दूसरी शताब्दी में पीटर के अपोक्रिफ़ल गॉस्पेल में कहा गया है कि क्रूस पर यीशु चुप थे, क्योंकि उन्हें 'कोई दर्द महसूस नहीं हुआ', और अंत में 'प्रभु ने चिल्लाकर कहा, "मेरी शक्ति, मेरी शक्ति, तुम चले गए हो।" और जब वह बोला तो उसे ऊपर उठा लिया गया...' जॉन के अपोक्रिफ़ल अधिनियम, लगभग दूसरी शताब्दी के मध्य में, कहा गया कि यीशु क्रूस पर चढ़ने के दौरान एक गुफा में जॉन को दिखाई दिए और कहा, 'जॉन, यरूशलेम में नीचे की भीड़ के लिए मुझे क्रूस पर चढ़ाया जा रहा है, और भालों और नरकटों से छेदा जा रहा है, और मुझे पित्त और सिरका पीने को दिया गया है। परन्तु मैं तुझ से बोलता हूं।' और बाद में उसने कहा, 'कुछ नहीं, इसलिये जो बातें वे मेरे विषय में कहेंगे, उन से मैं ने दुःख उठाया है... मैं छेदा गया, तौभी मैं मारा नहीं गया; फाँसी दी गई और मुझे फाँसी नहीं दी गई; वह खून मुझसे बहता है, और बहता नहीं है।" (जेफ्री परिंडर, जीसस इन द कुरान, पृष्ठ 109)

खलीफ़ियों का मानना था कि यहूदियों द्वारा क्रूस पर चढ़ाने से पहले यीशु की आत्मा को स्वर्ग में ले जाया गया था और अब वह मर चुका है। वे सबूत के तौर पर अन-निसा 4:171, अल-माइदा 5:75,117 उद्धृत करते हैं।

इस बात के परिस्थितिजन्य साक्ष्य हैं कि शुरुआती मुसलमानों का मानना था कि यीशु की मृत्यु हो गई थी। मुहम्मद की मृत्यु पर, उनके एक साथी, उमर फारूक ने, अपनी तलवार म्यान से निकाली और धमकी दी कि जो कोई भी यह घोषणा करने का साहस करेगा कि मुहम्मद की मृत्यु हो गई है, उसका सिर काट दिया जाएगा। उन्होंने कहा कि वह 'स्वर्ग पर चढ़ गए थे क्योंकि मूसा कुछ समय के लिए अपने प्रभु के पास गए थे और पाखंडियों को दंडित करने के लिए वापस आएंगे।'

यह सुनकर, अबू बक्र ने कुरान की आयत अल-इमरान 3:145 पढ़ी और घोषणा की: 'तुममें से जो लोग भगवान की पूजा करते हैं, उन्हें पता होना चाहिए कि भगवान जीवित हैं

और जीवित रहेंगे। लेकिन तुममें से जो लोग मुहम्मद की पूजा करते थे, वे जान लें कि मुहम्मद का निधन हो गया है (सहीह बुखारी 59.733)।

इन शब्दों के साथ, अबू बक्र ने शुरुआती मुसलमानों को आश्वस्त किया कि मुहम्मद उनसे पहले के अन्य सभी पैगंबरों की तरह मर गए थे। यदि मरियम का पुत्र जीवित होता, तो उमर यह तर्क दे सकता था कि यदि मरियम का पुत्र स्वर्ग जा सकता है और अभी भी जीवित है, तो मुहम्मद क्यों नहीं? तथ्य यह है कि अबू बक्र अन्य शुरुआती मुसलमानों को आश्वस्त करने में कामयाब रहे, यह दर्शाता है कि शुरुआती मुसलमानों का मानना था कि यीशु की मृत्यु हो गई थी।

स्वर्गदूतों पर यीशु की आज्ञा

 जब धार्मिक अधिकारी यीशु को गिरफ्तार करने आये, तो उनके एक शिष्य ने तलवार चलायी और शत्रुओं का एक कान काट दिया।

 यीशु ने उससे कहा, "अपनी तलवार वापस उसके स्थान पर रख दे, क्योंकि जो कोई भी तलवार खींचेगा वह तलवार से मर जाएगा। क्या तू सोचता है कि मैं अपने पिता को नहीं बुला सकता, और वह एक ही बार में बारह से अधिक लोगों को मेरे वश में कर देगा।" स्वर्गदूतों की सेना? परन्तु फिर पवित्रशास्त्र का वचन कैसे पूरा होगा जो कहता है कि यह इस प्रकार अवश्य घटित होगा?" (मैथ्यू 26:52-54)

 स्वर्गदूतों पर यीशु की आज्ञा ने संकेत दिया कि यीशु के पास उन पर अधिकार है। यदि यीशु केवल एक इंसान होता, तो बाइबिल का यह दावा काफी हैरान करने वाला होता।

बाइबिल, कुरान और इस्लामी परंपरा में यीशु का दूसरा आगमन

कुरान केवल एक आयत में यीशु के दूसरे आगमन का संकेत देता है: अज़-ज़ुख्रुफ़ 43:61, वाईए:

 और (यीशु) (प्रलय के) समय (आने के लिए) का एक संकेत होगा: इसलिए (समय) के बारे में कोई संदेह नहीं है, लेकिन मेरे पीछे आओ: यह एक सीधा रास्ता है।

 यानी (यीशु का दूसरा आगमन) एक संकेत होगा कि दुनिया का अंत और भगवान का न्याय आसन्न है। हालाँकि, यह कविता तुरंत ध्यान को यीशु से हटाकर मुहम्मद की

आज्ञाकारिता की ओर ले जाती है। केवल बाद की इस्लामी परंपरा ही यीशु की वापसी को एक प्रमुख मुद्दा बनाती है। इस विषय पर एम.एन. ने विस्तार से चर्चा की है। एंडरसन अपनी श्रृंखला जीसस द लाइट एंड द फ्रेगरेंस ऑफ गॉड में।

ईश्वर का पुत्र

मुसलमान यह नहीं मानते कि यीशु ईश्वर के पुत्र हैं। अधिकांश समय, मुसलमान जैविक तरीके से शीर्षक को लगातार गलत समझते हैं जो मुसलमानों और ईसाइयों दोनों के लिए समान रूप से घृणित है। अक्सर मुसलमान जॉन 3:16 उद्धृत करते हैं और कहते हैं कि बाइबल ईश्वर द्वारा पुत्र उत्पन्न करने की बात करती है। ये सिर्फ एक गलतफहमी नहीं है. केजेवी में "केवल जन्म" का अनुवाद किया गया ग्रीक शब्द मोनोजीनस है जिसका अर्थ है एक और केवल, अद्वितीय। इसका उपयोग जॉन 1:14,18, जॉन 3:16,18, हिब्रू 11:17 और 1 जॉन 4:9 में यीशु मसीह के लिए किया गया है।
परमेश्वर का वचन

कुरान यीशु को "ईश्वर का वचन", "इस दुनिया में और उसके बाद शानदार", "मसीहा" (अल-इमरान 3:45), "सभी लोगों के लिए संकेत" (अल-अंबिया' 21:91) जैसी उपाधियाँ देता है।

इमाम अबू अल सुउद, "अल्लाह से एक शब्द की पुष्टि करें" वाक्यांश पर टिप्पणी करते हुए कहते हैं कि जॉन द बैपटिस्ट यीशु में विश्वास करने वाले और उनके ईश्वर के वचन और उनकी आत्मा होने का समर्थन करने वाले पहले व्यक्ति थे।

अल-सद्दी लिखते हैं कि जॉन की माँ ने मैरी से पूछताछ की,

"मैरी, क्या तुमने मेरी गर्भावस्था महसूस की है?" मरियम ने उत्तर दिया, "मैं भी गर्भवती हूँ।" जॉन की माँ ने तब उत्तर दिया, "मुझे लगता है कि जो मेरे पेट में है वह तुम्हारे पेट में जो है उसकी पूजा करता है।"

ऐसा कैसे हुआ कि गर्भ में जॉन बैपटिस्ट यीशु की पूजा करता था, जबकि मुसलमानों का तर्क है कि वह केवल मानव था?

अल-इमरान 3:45 के संबंध में, मुस्लिम विद्वान, अल शेख मुहयी अल दीन अल अरबी लिखते हैं, "थियोफनी में शब्द अल्लाह है... और एक दिव्य व्यक्ति है, कोई अन्य नहीं।" उन्होंने यह भी कहा कि यह शब्द एक दिव्य व्यक्ति है (फुस्स अल हग्म, भाग 2, पृ. 13)।

इसकी तुलना बाइबल के कथन से करें:

"आदि में वचन था, और वचन परमेश्वर के साथ था, और वचन परमेश्वर था... और वचन देहधारी हुआ।" (यूहन्ना 1:1,14)

यीशु की पूजा

घर में आकर उन्होंने बालक [यीशु] को उसकी माता मरियम के साथ देखा, और झुककर उसे दण्डवत् किया। तब उन्होंने अपने भण्डार खोलकर उसे सोना, धूप, और गन्धरस की भेंटें दीं। (मैथ्यू 2:11)

हमने यह भी देखा है कि हदीसों में कहा गया है कि जॉन बैपटिस्ट ने गर्भ में रहते हुए यीशु की पूजा की थी।

ध्यान दें: मुसलमानों का मानना था कि यीशु ने पालने से बात की थी जब लोगों ने उनकी माँ पर अनैतिकता का आरोप लगाया था, फिर भी यह अजीब नहीं है कि हम यीशु को उनकी पूजा करने के लिए जादूगरों की निंदा करते हुए नहीं पाते हैं, यदि वास्तव में यीशु मानव हैं जैसा कि मुसलमानों का मानना था।

यीशु की पूजा के मुद्दे पर विचार करने वाला एक लेख।

अल-इमरान 3:55 अल्लाह के पास चढ़ गया।
बाइबल से तुलना करें: "... मैं अपने पिता और तुम्हारे पिता, अपने परमेश्वर और तुम्हारे परमेश्वर के पास लौट रहा हूँ।" (यूहन्ना 20:17एफ)

"तुम्हारे पिता" और "तुम्हारे भगवान" के विपरीत "मेरे पिता" और "मेरे भगवान" वाक्यांशों पर ध्यान दें। यीशु ने अपने शिष्यों को ईश्वर से प्रार्थना करने का तरीका बताने के अलावा एक बार भी "हमारे पिता" नहीं कहा।

और पवित्र आत्मा, पवित्र आत्मा देखें। अल-इमरान 3:45-50; मरियम 19:16-21

पुराने नियम को प्रमाणित करें, अल-इमरान 3:48; अल-मैदा 5:48

पुनरुत्थान दिवस एन-निसा 4:159 पर गवाही देता है

मरियम का जन्म 19:22-37; अल-अंबिया' 21:91; अल-मुमिनुन 23:50

जन्म, मृत्यु, पालन-पोषण, मरियम 19:33

का जन्मस्थान,
इब्न हज़र हयातमी और इब्न हज़र असकलानी दोनों द्वारा प्रमाणित एक हदीस में कहा गया है कि इसरा और मिराज की रात को, मुहम्मद को एंजेल जिब्रील ने बेत लाहम (बेथलेहम) में दो रकअत प्रार्थना करने का आदेश दिया था, और जिब्रील ने उनसे पूछा: "क्या आप जानते हैं कि आपने कहां प्रार्थना की थी? जब पैगंबर ने उससे पूछा कि कहां, तो उसने उससे कहा: "आपने वहां प्रार्थना की जहां ईसा का जन्म हुआ था।"

ईसाइयों ने 'एन-निसा' 4:171 को देवता नहीं मानने को कहा

ईसाई कहते हैं कि यीशु ईश्वर के पुत्र हैं, तौबा 9:30-31 में
यह आयत वास्तव में काफी पेचीदा है, क्योंकि इसमें यहूदियों को यह कहते हुए दिखाया गया है कि एज़्रा ईश्वर का पुत्र है।

अल-मैदा 5:110 बनाता है।

कुरान में कहा गया है कि यीशु मिट्टी से बने पक्षी को जीवन प्रदान करने में सक्षम थे।

अल-इमरान 3:45-49 का निर्माण; मरियम 19:22

यीशु के देवता, क्या यीशु "केवल ईश्वर ही अच्छा है" कहकर इस बात से इनकार कर रहे थे कि वह ईश्वर हैं?

यीशु के ईश्वरत्व का इन्कार, अन-निसा' 4:171; यूनुस 10:68

बारह के शिष्य, अल-इमरान 3:52-54; अल-मैदा 5:111; यथा-सैफ 61:14

अज़-ज़ुख़्रुफ़ 43:65 के बारे में अलग-अलग विचार

दोषरहित, मरियम 19:19

पुनरुत्थान दिवस पर दूसरों से ऊपर यीशु के अनुयायी, अल-इमरान 3:55

सुसमाचार ने उन्हें अल-मैदा 5:46,78,110 प्रदान किया

स्पष्ट प्रमाण दिए गए हैं, अल-बकराह 2:87,253

अंधों, कोढ़ियों को ठीक करना, मृतकों को जीवित करना, अल-इमरान 3:49; अल-मैदा 5:110
वाक्यांश "मैं मृतकों को जीवित करता हूं" के संबंध में, वहाब इब्न मिनाब्बे बताते हैं कि जब ईसा लड़कों के साथ खेल रहे थे, तो एक युवक ने उनमें से एक पर हमला किया और उसे मार डाला, फिर उसे ईसा की बाहों में खून से लथपथ फेंक दिया। दर्शकों ने ईसा पर आरोप लगाया, फिर उसे पकड़ लिया, न्यायाधीश के पास ले गए और कहा, "इस लड़के ईसा ने दूसरे लड़के को मार डाला है।" न्यायाधीश ने उससे पूछताछ की और 'ईसा ने उत्तर दिया, "मैं उसे नहीं जानता जिसने उसे मार डाला, न ही मैं उसका दोस्तों में से एक हूं।"

जब वे ईसा को मारना चाहते थे तो उसने उनसे कहा, "लड़के को मेरे पास लाओ," और उन्होंने उससे पूछा, "क्यों?" उसने उत्तर दिया, "मैं उससे पूछूंगा कि उसे किसने मारा।" उन्होंने पूछा, "अगर वह मर चुका है तो वह आपसे कैसे बात कर सकता है?" फिर वे उसे मरे हुए लड़के के पास ले गए और ईसा उसके लिए प्रार्थना करने लगे और अल्लाह ने उसे जीवित कर दिया।

यह कहानी ईसा मसीह के अप्रामाणिक बचपन से जुड़ी है।

उनकी पवित्र प्रेरणा, अल-बकराह 2:87,252; अन-निसा' 4:163; अल-मैदा 5:110

उसकी समानता आदम, अल-इमरान 3:59 के समान है।
यह आयत कैसे घटित हुई, इसके संबंध में एक हदीस इस प्रकार है:

अल किसम, इब्न जराइज और अक्रामा ने बताया, ``हमने सुना है कि नजरान के ईसाइयों ने मुहम्मद के पास एक प्रतिनिधिमंडल भेजा, उनमें अल अकीब और अस सैय्यद भी शामिल थे, जिन्होंने कहा, "हे मुहम्मद, आप हमारे मित्र की निंदा क्यों करते हैं?" उसने

उत्तर दिया, "तुम्हारा मित्र कौन है?" उन्होंने कहा, "'ईसा (जीसस), मैरी का बेटा। आप आरोप लगाते हैं कि वह एक सेवक है," जिस पर मुहम्मद ने उत्तर दिया, "वास्तव में, वह अल्लाह और उसके वचन का सेवक है, जो मैरी और उसकी ओर से एक आत्मा को दिया गया है।"

 तब वे उस पर क्रोधित हुए और कहने लगे, "यदि तू सच्चा है तो हमें एक ऐसा दास दिखा जो मुर्दों को जिला सके, अन्धों और कोढ़ियों को अच्छा कर सके, और मिट्टी से पक्षी की आकृति बनाकर उसमें फूंक मारे, कि वह बन जाए।" एक पक्षी - क्या वह अल्लाह नहीं है?" मुहम्मद ने तब तक कुछ नहीं कहा जब तक गेब्रियल उनके पास नहीं आया और कहा, "हे मुहम्मद! उन्होंने निंदा की है जिन्होंने कहा कि अल्लाह मरियम का पुत्र मसीह है।" तब मुहम्मद ने उत्तर दिया, "हे गेब्रियल! उन्होंने मुझसे यह बताने के लिए कहा कि 'ईसा (यीशु) किसके समान हैं," और गेब्रियल ने कहा, "'ईसा बिल्कुल आदम के समान हैं।"

 यह कहानी इस मायने में दिलचस्प है कि (i) मुहम्मद नहीं जानते थे कि ईसाइयों को कैसे जवाब देना है, और (ii) इस कहानी में कथित गेब्रियल द्वारा दिया गया उत्तर ईसाइयों द्वारा उठाए गए सवालों का जवाब देने में भी विफल रहा। नज़रान के ईसाई यह जानना चाहते थे कि क्या कोई अन्य व्यक्ति है जो मृतकों को जीवित कर सकता है, अंधों और कोढ़ी को ठीक कर सकता है, आदि। यह भी ध्यान दें कि इस कहानी के अनुसार, ये ईसाई कम उम्र में यीशु के बारे में अपोक्रिफ़ल कहानियों में विश्वास करते थे, जो बाइबिल से स्पष्ट रूप से अनुपस्थित है। हालाँकि, कुरान या हदीसों में यह कभी नहीं कहा गया है कि आदम ने यीशु के समान चमत्कार किए (समान मात्रा और गुणवत्ता में)। इस प्रकार, गेब्रियल का यह कथित उत्तर और अधिक प्रश्न उठाता है।

 दूसरे, इस आयत के सन्दर्भ से साफ़ पता चलता है कि इस आयत का यीशु के जन्म से कोई लेना-देना नहीं है। हालाँकि, कई मुसलमान इस आयत का उपयोग यह कहने के लिए करते हैं कि यीशु को आदम की तरह ही बनाया गया था। यह इस तथ्य के बावजूद है कि आदम को पूर्ण विकसित बनाया गया था, जबकि यीशु एक कुंवारी से शिशु के रूप में पैदा हुआ था। आदम का निर्माण किसी अन्य इंसान के उपयोग के बिना किया गया था, जबकि यीशु का जन्म एक महिला के माध्यम से हुआ था। आदम और यीशु के इस दुनिया में आने के तरीके में अंतर है।
मध्यस्थ, मध्यस्थ देखें, यीशु के अधीन

 यह ईश्वर की दया है, मरियम 19:21

 मानव जाति के लिए एक रहस्योद्घाटन है, मरियम 19:21

भगवान का सेवक है, मरियम 19:30-32
इसकी तुलना यशायाह 52,53, और 43 में बाइबिल से करें।

जजमेंट डे को जानने का साधन है, अज़-ज़ुख़रुफ़ 43:61

यहूदी हत्या का दावा करते हैं ("उसे न तो मारा, न उसे सूली पर चढ़ाया"), अन-निसा 4:157

मध्यस्थ, अल-इमरान 3:45

हिब्रू में मसीहा (अल-मसीह) शीर्षक का अर्थ अभिषिक्त होता है। अल जलालन ने कहा, "भविष्यवाणी के मंत्रालय द्वारा दुनिया में और इसके बाद हिमायत और स्थिति से प्रतिष्ठित और अल्लाह के करीब लाए गए लोगों में से एक होना।"

अल बदावी ने तर्क दिया कि "कुछ के अनुसार, यहाँ जो इरादा था वह यीशु को स्वर्ग में और स्वर्गदूतों के समाज में उच्च स्थान देना था।"

अल-बकरा 2:87 के चमत्कार; अल-मैदा 5:110-117

मुसलमान गॉस्पेल (इंजील), अल-बकरा 2:136 में विश्वास करते थे

सुसमाचार अल-माइदा 5:46 के रहस्योद्घाटन में किसी एजेंट का उपयोग नहीं किया गया।
इसकी तुलना मुहम्मद के "रहस्योद्घाटन" से करें। गेब्रियल होने का दावा करने वाले एक प्राणी ने ये "खुलासे" उसके सामने लाए।

ईश्वर नहीं, अल-माइदा 5:17,72,116।
उपरोक्त गुणों से तुलना करें जो दर्शाते हैं कि यीशु निश्चित रूप से कोई साधारण मनुष्य नहीं हैं। वास्तव में, कुरान और इस्लामी साहित्य में, यीशु को उन गुणों के साथ वर्णित किया गया है जो अन्य पैगम्बरों की तुलना में उन्हें अपने ही वर्ग में रखते हैं, जिसकी मुहम्मद आकांक्षा भी नहीं कर सकते।

केवल एक प्रेरित, निसा 4:171-172; अल-मैदा 5:75; मरियम 19:30

केवल मारे गए और क्रूस पर चढ़ाए गए लग रहे थे, 'एन-निसा' 4:157

रब्बी, द,

"[यीशु ने कहा:] लेकिन तुम्हें 'रब्बी' नहीं कहा जाएगा, क्योंकि तुम्हारा केवल एक ही स्वामी है और तुम सभी भाई हो।" (मत्ती 23:8)

हालाँकि, यीशु ने अपने शिष्यों और अन्य लोगों को उसे रब्बी के रूप में संबोधित करने की अनुमति दी (उदाहरण: मैथ्यू 26:25)। इसलिए यीशु ने स्पष्ट रूप से स्वीकार किया कि वह उनका स्वामी है, उनसे भिन्न है क्योंकि वे सिर्फ भाई हैं।

ईश्वर के पास उठाया गया (लेकिन उस समय पुनर्जीवित नहीं हुआ, क्योंकि माना जाता है कि वह अभी तक मरा नहीं था), एन-निसा '4:158

अंतिम दिनों के दौरान वापसी,

मुसलमानों का मानना था कि यीशु अंतिम दिनों के दौरान फिर से आएंगे। कुछ परंपराओं का मानना है कि यीशु एक न्यायप्रिय शासक होंगे। कुछ लोग यीशु की पहचान महदी से करते हैं, जबकि अन्य का कहना है कि वह इमाम महदी के अनुयायी होंगे। महदी देखें।इस्लाम में, यह स्पष्ट नहीं है कि स्वर्ग में वर्तमान समय में यीशु की स्थिति क्या है। कहा जाता है कि उनके आने का संकेत रमज़ान के महीने में ही चांद और सूरज पर ग्रहण लगना है. अहमदियों का मानना है कि यह 1894 में कादियान के मिर्ज़ा गुलाम अहमद के साथ हुआ था। [हमें इसकी पुष्टि करने के लिए निश्चित रूप से खगोलविदों की आवश्यकता है।]

अबू हुरैरा से रिवायत है:
अल्लाह के रसूल ने कहा, "उसके द्वारा जिसके हाथों में मेरी आत्मा है, मरियम का पुत्र (यीशु) शीघ्र ही आप लोगों (मुसलमानों) के बीच एक न्यायी शासक के रूप में अवतरित होगा और क्रॉस को तोड़ देगा और सुअर को मार डालेगा और जजिया (एक कर) को समाप्त कर देगा गैर-मुसलमानों से, जो मुस्लिम सरकार की सुरक्षा में हैं)। तब धन की प्रचुरता होगी और कोई भी धर्मार्थ उपहार स्वीकार नहीं करेगा। (साहिह बुखारी 3.425, मुस्लिम भी, बाब: बायन नुज़ुल 'ईसा; तिर्मिधि , अबवाब-अल-फ़ितन: बाब: फ़ि नुज़ुल 'ईसा; मुसनद अहमद, मारवियत अबू हुरैरा)

अबू हुरैरा से रिवायत है:

अल्लाह के रसूल ने कहा, "जब तक मरियम का बेटा (यानी यीशु) एक न्यायी शासक के रूप में आपके बीच नहीं आएगा, वह समय स्थापित नहीं होगा, वह क्रूस को तोड़ देगा, सूअरों को मार डालेगा और जजिया कर को खत्म नहीं करेगा। पैसा प्रचुर मात्रा में होगा।" कि कोई भी इसे (धर्मार्थ उपहार के रूप में) स्वीकार नहीं करेगा। (साहिह बुखारी 3.656, सही बुखारी 4.657, और इब्न माजा, किताब-उल-फ़ितन अल-दज्जल)

अबू हुरैरा से रिवायत है:
अल्लाह के रसूल ने कहा, "आप कैसे होंगे जब मरियम का बेटा (यानी यीशु) आपके बीच आएगा और वह कुरान के कानून के अनुसार लोगों का न्याय करेगा, न कि सुसमाचार के कानून के अनुसार (फतेह-उल बारी पृष्ठ 304 और 305 खंड 7) (साहिह बुखारी 4.658)

अबू हुरैरा की रिपोर्ट है कि अल्लाह के रसूल ने कहा: "आप कैसे होंगे जब मरियम का बेटा आपके बीच आएगा और आपके बीच का एक व्यक्ति इमाम (प्रार्थना में नेता) के पद का निर्वहन करेगा।" (साहिह बुखारी, किताब अहादीस अंबिया, नुजुल ईसा; मुस्लिम, नुज़ुल ईसा; मुसनद अहमद, मारवियत अबू हुरैरा)

ख़लीफ़ियों को विश्वास नहीं है कि यीशु दोबारा वापस आएंगे। उन्होंने तर्क दिया कि चूंकि मुहम्मद (अल-अहज़ाब 33:40) के बाद कोई पैगंबर नहीं आना चाहिए और यीशु एक पैगंबर हैं, इसलिए मुहम्मद के बाद यीशु वापस नहीं आएंगे। अन्य मुसलमानों का मानना है कि जब यीशु दोबारा आएंगे, तो वह भविष्यवक्ता की भूमिका में नहीं होंगे, बल्कि केवल एक अनुयायी होंगे। साथ ही, कुछ लोगों का तर्क है कि मुहम्मद पैगम्बरों की मुहर हैं, अंतिम पैगम्बर नहीं।

कुछ हदीसें हैं जो कहती हैं कि जब यीशु वापस आएंगे तो वह कुछ कानून बदल देंगे।

अबू हुरैरा से रिवायत है:
अल्लाह के रसूल ने कहा, "जिसके हाथों में मेरी आत्मा है, उसके द्वारा, मरियम का पुत्र (यीशु) शीघ्र ही आप लोगों (मुसलमानों) के बीच एक न्यायी शासक के रूप में अवतरित होगा और क्रॉस को तोड़ देगा और सुअर को मार डालेगा और जजिया (लिया जाने वाला कर) को समाप्त कर देगा।" गैर-मुसलमानों से, जो मुस्लिम सरकार के संरक्षण में हैं)। तब धन की प्रचुरता होगी और कोई भी धर्मार्थ उपहार स्वीकार नहीं करेगा। सही बुखारी 3.435।

पुनरुत्थान की भविष्यवाणी, अल-इमरान 3:55; मरियम 19:33

आत्मा को स्वर्ग ले जाया गया,रशीद खलीफा ने सिखाया कि एन-निसा 4:158 ने सिखाया कि यीशु की आत्मा को क्रूस पर चढ़ाने से पहले स्वर्ग ले जाया गया था। ख़लीफ़ियों को विश्वास नहीं है कि यीशु अंतिम दिनों के दौरान पृथ्वी पर वापस आएंगे, जैसा कि अधिकांश मुसलमानों का विश्वास है। अल-मुमिनुन 23:100 का उपयोग करते हुए, उन्होंने दावा किया कि स्वर्ग में ले जाई गई आत्मा पृथ्वी पर वापस नहीं आ सकती।

पालने से बात की, अल-इमरान 3:46; अल-मैदाह 5:110; मरियम 19:29, सहीह बुखारी 4.645।

यह कथित चमत्कार बाइबल में दर्ज नहीं किया गया था। इस कहानी को शैशव काल के अप्रामाणिक सुसमाचार से खोजा जा सकता है। अल रज़ी का कहना है कि जब जकरियाह यहूदियों के साथ यीशु के जन्म के संबंध में बहस के दौरान मैरी के पास आया, तो उसने यीशु से कहा, "यदि आपको ऐसा करने का आदेश दिया गया है तो आप स्वयं बोलें।" और ईसा ने कहा, "मैं अल्लाह का बन्दा हूँ। उसने मुझे बुद्धि दी और मुझे नबी बनाया।"

निम्नलिखित वृत्तांत हमें कुछ कैफा द्वारा बुलाए गए महायाजक जोसेफ की पुस्तक में मिले: वह बताते हैं, कि यीशु तब भी बोलते थे जब वह पालने में थे, और अपनी माँ से कहा: मैरी, मैं ईश्वर का पुत्र यीशु हूं, वह वचन जो तू ने स्वर्गदूत जिब्राईल की वाणी के अनुसार तेरे पास पहुंचाया, और मेरे पिता ने जगत के उद्धार के लिथे मुझे भेजा है। (जीसस क्राइस्ट के बचपन के पहले सुसमाचार के 5वीं सदी के संकलन अल-इमरान 3:1-3, या इंजिल अल-तुफुलियाह से, जिसे टिस्डल ने भी उद्धृत किया है, पृष्ठ 169-170)

पवित्र आत्मा द्वारा मजबूत, अल-बकराह 2:87,253 गैब्रियल देखें

शिक्षक,
बाइबिल में हम पढ़ते हैं:

"[यीशु ने कहा:] न ही तुम्हें 'शिक्षक' कहा जाना चाहिए, क्योंकि तुम्हारा एक ही गुरु है, मसीह।" (मत्ती 23:10)

हालाँकि, यीशु ने अपने लिए "शिक्षक" की उपाधि का उपयोग किया:

"उसने उत्तर दिया, 'शहर में एक आदमी के पास जाओ और उससे कहो, 'गुरु कहते हैं: मेरा नियत समय निकट है। मैं तुम्हारे घर पर अपने शिष्यों के साथ फसह मनाने जा रहा हूं।" (मत्ती 26:18)).

इस प्रकार, यह दावा करते हुए कि वह मसीहा भी है।

उसके बारे में सच्चाई का एहसास तब होगा जब लोग मर जाएंगे, 'अन-निसा' 4:159

परमेश्वर का वचन मरियम-अन-निसा 4:171 में व्यक्त किया गया, कुरान भी देखें। जीसस भी देखें, जैसे शीर्षक....

मरियम 19:30-34; अल-अंबिया' 21:91; अल-मुमिनुन 23:50; अल-अहज़ाब 33:7; राख-शूरा 42:13; अज़-ज़ुख्रुफ़ 43:57; अल-हदीद 57:27; अस-सैफ 61:6,14,

हदीस के अनुसार यीशु का वर्णन: मध्यम कद और मध्यम रंग का व्यक्ति, जिसका झुकाव लाल और सफेद रंग का था और उसके बाल दुबले थे।

BIBLE.CA

हजरत मूसा (अ ०) का जीवन परिचय- (यहूदी धर्म)

हजरत मूसा (मोजेज) का जन्म लगभग 1350 ई ० पू ० मिश्र देश में हुआ था । उनके माता पिता इज़राइली थे और उन दिनों फराओं ने सभी इजराइली नवजात शिशुओं को मार डालने का आदेश दे रखा था और फराओं (फिरऔन) की पुत्री के हस्तक्षेप से ही मूसा के प्राण बच सके थे । हेवियोपोलिस में उन्होंने धर्मतन्त्र का अध्ययन किया । मिश्र में इज़राइलियों पर होने वाले अत्याचारों से वे अत्यन्त दुःखी थे । अपने एक जाति भाई की रक्षा करने के लिए मोज़ेज ने एक मिश्री की हत्या कर डाली और अरब के एक रेगिस्तान में जा छिपे जहाँ उन्होंने कठोर साधनाएँ की ऐसा विश्वास है कि ईश्वर ने उन्हें यहूदी जाति का नेता ठहराकर उसे मिश्र की दासता से मुक्त कराने का आदेश दिया । अपने समर्थकों को संगठित किया और मौसेस द्वितीय के राज्यकाल में मिश्र लौटकर बार बार प्रार्थना की जाति भाईयों को मिश्र छोड़कर फिलिस्तीन लौट जाने की अनुमति दी जाए परन्तु उनकी प्रार्थना स्वीकार नहीं की गई । -

ओल्ड टेस्टामेन्ट ' (Old Testament) में लिखित कथा के अनुसार मिश्र पर तब एक के बाद एक 10. महाविपत्तियों आई और उन्हें मूसा का अभिशाप समझ कर उन्हें देश छोड़ने की अनुमति दे दी गई । मूसा (Moses) ने कि उनके नूसा अपने अनुयायियों को लेकर फिलिस्तीन की ओर चल पड़े । रास्ते में भयानक सिनाई रेगिस्तान (Sinai Desert) भी पार करना था । इस यात्रा में 40 वर्ष लगे और मूसा यात्रा पूर्ण होने तक जीवित नहीं रहे । रास्ते में ही उन्होंने अपने अनुयायियों को सरल आचार विचार संबंधी उपदेश दिये थे और ऐसा विश्वास किया जाता है कि ये निर्देश उन्हें ईश्वर से प्राप्त हुए थे । इन्हें ही दस निर्देश (Ten Commandments) कहते हैं , जो विश्व में अभी भी ईसाइयों के मूल सिद्धांत माने जाते हैं । मूसा ने फरअन ' के जादूगरों को अपने चमत्कार से जीता । रात को उसने इस्राईल संतति को तो अपने देश की ओर प्रस्थान किया । अपने दासों को इस प्रकार हाथ से निकलते देख फरअन ' सेनासहित पीछे दौड़ा (मूसा ने अपने डंडे के चमत्कार से समुद्र में मार्ग बना दिया , जिससे उसके जाति वाले पार हो गये । जब फरअन ने भी उसी तरह उतरना चाहा तो मूसा के डंडे के उठाने से सब वही डूब गए।रास्ते में इस्राईल - सन्तति को ईश्वर की ओर से भोजन- मन्न , सल्वा आता था । जब वह भगवान से बात करने और उसके आदेश लेने के लिए गया था और अपने भाई हारून के जिम्में इस्राईल संतति को कर गया था तो इधर लोगों ने सामरी के बहकाने से बछड़ा बनाकर पूजना आरम्भ किया । मूसा के क्रोधित होने पर पीछे 'हारून ' ने कहा- हे मेरी माँ के जने । न मेरी दाढ़ी पकड़ न सिर | मैं डराकि तू कहेगा तूने बनी इस्राईल संतति में फूट डाल दी । सामरी ने जिब्राईल की धूलि सू बछड़े बोलने की शक्ति तक उत्पन्न कर दी थी । (30-3-5)

" जब मूसा भगवान के पास बात करने गया था तो उसने दर्शन माँगा । भगवान ने कहा- तू न देख सकेगा । अच्छा पहाड़ की ओर देख उस तेज को देख वह मूच्छित हो गिर पड़ा । ईश्वर ने अपने आदेश को पट्टियों पर लिखकर उसे दिया । " (7:16:18) । मूसा की मृत्यु

लगभग 13 वीं शती ई ० पू ० हुयी थी । पर्वत का पश्चिमी भाग है यही यह घाटी है जहाँ हजरत मूसा को तौरात प्रदान हुयी थी । (सूरा 28:44) तूबा की घाटी संभवतः जहाँ हज़रत मूसा को आग दिखाई दी थी और अल्लाह तआला ने उन्हें पुकारा था । सीना द्वीप जंगलों से लगभग 70Km दूरी पर स्थित है ।

यहाँ एक गिरजा है जो सेंट कंथराटन के नाम से प्रसिद्ध है मस्जिद है जो सुल्तान सलीम की बनवाई हुई है । " और वह स्त्री गर्भवती हुयी और उसके एक पुत्र उत्पन्न हुआ और यह देखकर कि यह बालक सुन्दर है उसे तीन महीने तक छिपा रखा । " (निर्गमन 2 : 2) । मूसा की माँ को वाहय के रूप में यह निर्देश दिया कि एक संदूक में बच्चे को रखकर दरिया में छोड़ दे और दरिया को यह आदेश हुआ कि वह सदूक को किनारे पर डाल दें । अतः संदूक में बच्चे मूसा की माँ ने ऐसा ही किया । वह संदूक ऐसी जगह किनारे पर लगा जहाँ फिरऔन अपनी पत्नी के साथ मौजूद था । उसने अपने आदमी के द्वारा संदूक को उठवा लिया । इस प्रकार मूसा उस व्यक्ति के पास पहुँच गये जो खुदा का भी शत्रु था और स्वयं उनका भी । (सूरह ताहा , आयत 39) । मदयन से वापस होते हुए वह सीना के वियाबान में रास्ते का कुछ पता नहीं चल रहा था कि अचानक उन्हें एक आग दिखाई दी उन्होंने घरवालों से कहा कि तुम यहां ठहरे रहो में जाकर अंगारे ले आता हूं ताकि तुम लोग ताप सको और यह भी हो सकता है कि वहाँ रास्ते का कुछ पता चल जाए । जब हजरत मूसा आग के पास पहुँच गये तो अल्लाह ने उन्हें आवाज दी , ' मैं हूँ तुम्हारा रब " वहय का एक तरीका यह भी है कि अल्लाह तआला अपने बन्दे से सीधे वार्ता करे और मूसा अलैहिस्सलाम भी यह विशिष्ट प्रमुखता है कि उन्हें अल्लाहतआला ने हमकलामी (परस्पर वार्ता) का सम्मान प्रदान किया । स्पष्ट रहे कि अल्लाह तआला ऐसी बातों से पवित्र है कि वह किसी भौतिक वस्तु में जो उसकी अपनी सृष्टि है , समाविष्ट हो जाए । इसलिए जो आग मूसा अलैहिस्सलाम को दिखाई दी थी वह न खुदा थी और न खुदा उसमें समाविष्ट हो गया था बल्कि वह एक विशेष प्रकार की रौशनी थी जिसने मूसा अलैहिस्सलाम को अपनी ओर आकर्षित कर लिया था । उन्होंने अल्लाह की पुकार और उसका कलाम ज़रूर सुना किन्तु उन्होंने अल्लाह को देखा नहीं और कुरआन इस बात की पुष्टि करता है कि बाद में जब तूर पर्वत पर मूसा अलैहिस्सलाम को शरीअत प्रदान करने के लिए बुलाया गया था तो उन्होंने अल्लाह तआला से यह निवेदन किया था कि वह अपना जलवा उन्हें दिखाए । उनके इस निवेदन पर अल्लाह तआला ने फरमाया था " लनतरानी अर्थात ' तुम मुझे हरगिज़ न देख सकोगे । " (सूरह आराफ 143) ।

बलअमैबाअर- एक वाक् सिद्ध यहूदी संत जिसके श्राप से हज़रत मूसा अलैहिस्सलाम चालीस साल वनों में भटकते फिरे , बाऊर ' - उसका बाप था । •

गुरू नानक का जीवन परिचय- (सिक्ख धर्म)

गुरु नानक का जन्म ननकाना साहिब (तलवंडी) में 15 अप्रैल , 1469 ई 0 को हुआ था । 15 वर्ष की आयु में उन्हें पंजाबी , हिन्दी , फारसी तथा संस्कृति की शिक्षा दी गई । वे अत्यंत मेघाबी तथा शांत स्वभाव के व्यक्ति थे । 18 वर्ष की आयु में सुलक्षणा देवी के साथ उनका विवाह हुआ । जिन जिन स्थानों से गुरू नानक गुजरे थे वे आज तीर्थ स्थल का रूप ले चुके हैं । गुरू नानक ने अपने सिद्धांतों के प्रसार हेतु एक तरह घर का त्याग कर दिया और लोगों को सत्य और प्रेम का पाठ पढ़ाना आरंभ कर दिया । उन्होंने जगह जगह घूमकर तत्कालीन अन्धविश्वासों , पाखण्डों आदि का जमकर विरोध किया । वे हिन्दू मुस्लिम एकता के भारी समर्थक थे। धार्मिक सद्भावना की स्थापना के लिए उन्होंने सभी तीर्थों की यात्राएं की और सभी धर्मों के लोगों को अपना शिष्य बनाया ।

उन्होंने हिन्दू धर्म और इस्लाम दोनों की मूल एवं सर्वोत्तम शिक्षाओं को सम्मिश्रित करके एक नये धर्म की स्थापना की । जिसके मूलाधार थे प्रेम और समानता । यही बाद में सिक्ख धर्म कहलाया । भारत में अपने ज्ञान जलाने के बाद उन्होंने मक्का मदीना की यात्रा की और वहाँ के निवासी भी उनसे अत्यन्त प्रभावित हुए । 25 वर्ष के भ्रमण के पश्चात् नानक कर्तारपुर में बस गये और वहीं रहकर उपदेश देने लगे । उनकी वाणी आज भी गुरु ग्रन्थ साहिब में संगृहीत है । उनका स्वर्गवास 1539 ई 0 में जयूजी का पाठ करते हुए हुआ था ।

जरथुस्त्र का जीवन परिचय- (पारसी धर्म)

जरथुस्त्र का जन्म माडिया नाम की जाति में 700 ई० पू० में हुआ था । इनका जन्म अजरबैजान के उसमिया नामक स्थान में हुआ था उनका वास्तविक नाम इस्पितमा था । यूनानी विद्वान इन्हें प्लेटो से भी 6000 वर्ष पूर्व मानते हैं , बाइबल के अनुसार ई० पू० में उत्पन्न बनता है , ईरानी अनुसूत्रयों के अनुसार यह कवि विस्तास्प नामक राजा के संरक्षण में रहा । विलियम जैक्शन उसे 660 ईसवी पूर्व का मानता है और बिल इयोरो उसको छठी शताब्दी ईस्वी पूर्व का मानता है इनके पिता का नाम पोमशाशपा और माता का नाम दुरोधा था परंतु मेयर के अनुसार इसे छठी शताब्दी ईस्वी पूर्व का मानना उचित नहीं है इस संदर्भ में निम्नलिखित तर्क प्रस्तुत है (१) जरथुस्त्र का धर्म हर वामशी शासनकाल में बहुत लोकप्रिय हो चुका था अतः उसे शासन के पूर्व मानना चाहिए (२) असुरबनिपाल जिसका समय सातवीं शताब्दी ईस्वी पूर्व माना जाता है एक लेख में असर भजन उसके साथ साथ इगिगियो तथा उसका विरोध करने वाली प्रेत आत्माओं का वर्णन मिलता है जिस पर जो जोरेस्टर धर्म का प्रभाव प्रतीत होता है यह वर्णन किसी और का नहीं बल्कि अहुरमज्दा उसके साथ अमेशस्पेन्तो और 7 देवों का है (३) हमदान का एक स्वर्ण अभिलेख मिला है जिसमें हरवामशी के पात्र अरियम्न ने लिखा है कि इसके राज्य में जिस पर अहरमज्दा की कृपा के कारण उसका अधिकार है बहुत अच्छे घोड़े मिलते हैं इससे यह स्पष्ट है कि सातवीं शताब्दी ईस्वी पूर्व में जो जोरेस्टर धर्म प्रचलित हुआ हो चुका था । (४) हमसे नरेश डेरियस प्रथम अपने एक अभिलेख में अपने को अहुमज्दा का उपासक बताता है (५) हरवामसी नरेशो के शासनकाल में जिस धर्म का उल्लेख मिलता है वह जोरेस्टर धर्म का विकसित रूप प्रतीत होता है । हरवामशी अभिलेखों की भाषा जोरेस्टर की गाथाओं की भाषा से बहुत भिन्न है । भाषा वैज्ञानिकों के अनुसार जो जोरेस्टर की गाथाओं की भाषा हरवामसी अभिलेखों की भाषा से लगभग 500 वर्ष पुरानी है फिर भी अधिकांश विद्वानों जोरेस्टर का काल 600 ई० पूर्व ही मानते हैं । जरथुस्त्र बड़ी कुशाग्र बुद्धि व बड़ा विचारशील था जिसने 15 वर्ष की आयु में शिक्षा प्राप्त करके 20 वर्ष की आयु में संसार का परित्याग कर दिया और सांसारिक तथा पारलौकिक विषयों के गहन अध्ययन के लिए पर्वत कंदराअओ में रहने लगा । दैवी शक्तियों ने उसके कार्य में बाधा डाली परंतु वह उन से विचलित नहीं हुआ । 30 वर्ष की आयु में सबलान पर्वत पर उसे ज्ञान की प्राप्ति हुई । कहा जाता है कि जब वह अवेतक नामक नदी के किनारे बैठा हुआ था तो वहां एक देवदूत उपस्थित हुआ और उसे अहुमज्दा के पास ले गया और और अहरमज्दा ने उसे अवेस्ता दी और कहा कि इसका प्रचार करो । अहरमज्दा ने अपने फरिश्ते भेजकर विस्तास्प को जोरेस्टर को अपना गुरु मानने और 125 वर्ष तक जीवित रहने का आदेश दिया । विस्तास्प को अपना शिष्य बनाने के पश्चात जो जोरेस्टर ने तीन विवाह किए । इस बीच पड़ोसी संधू ने विस्तास्प पर आक्रमण किया । शायर जोरेस्टर के धर्म की इतनी अधिक उन्नति देखकर ही एशिया की तूरानी जातियों ने ईरान पर आक्रमण किया । कुछ विद्वानों

का मत है कि उनके विरुद्ध दूसरे धर्म युद्ध में जोरेस्टर मारा गया । मृत्यु के साथ उसकी आयु 75 वर्ष की थी । जोरेस्टर का विचार था कि जीवन अच्छाई और बुराई की शक्ति के बीच एक संघर्ष है । अच्छाई की आत्मा अहुरमज्दा है और मिथएस अर्थात प्रकाश उसका सहायक है । बुराई की आत्मा हर आंग्रमैन्यु अथवा अहिरमन झूठ का दामन है । इस संघर्ष में मनुष्य तटस्थ नहीं रह सकता । उसे सत्य के लिए और सद्जीवन व्यतीत करने के लिए लड़ना पड़ता है । जरथुस्त्र इस दृष्टिकोण पर बहुत दृढ़ थे कि परम्परा (बंधे हुए जल के समान) स्थिर होती है जबकि ज्ञान सदैव आगे की ओर गतिमान रहता है ।

जोरेस्टर ने अपना शिक्षक स्वय बनने और निजी अवलोकन और गहन विचार द्वारा सीखने का संकल्प किया । उन्होंने सोचा कि जीवन केवल आनंद और सुख के तंतुओं से ही नहीं बुना गया है इसमें पर्याप्त मात्रा में चिंताएं और दुख भी मिले हुए हैं । जरथुस्त्र हृदय से धार्मिक थे किंतु जिस धर्म का उनके चारों और आचरण और अनुगमन किया जाता था उस धर्म से संबंधित उनका दैनिक अनुभव और पूर्वजों के धार्मिक विश्वास के प्रति उनके विमुख होने का कारण बना । बलिदान किए गए पशुओं के रक्त से दुर्गंध मंदिरों को देखकर उनके रोंगटे खड़े हो गए इसलिए उन्होंने यही पाया कि धर्म के नाम पर निष्फल रूढ़िवाद , पाखंडपूर्ण , धर्मभीरूता , कायरतापूर्ण अंगच्छेदन , अंधविश्वास जन्म भय और आडंबरपूर्ण पवित्रता का प्रदर्शन ही किया जा रहा है । अतएवं जरथुस्त्र की अपने धर्म के प्रति आस्था गई ।

गौतम (महात्मा बुद्ध का जीवन परिचय - (बौद्ध धर्म या धम्म)

महात्मा बुद्ध का जन्म 563 ई 0 पू 0 में शाक्यों की राजधानी कपिलवस्तु के निकट लुम्बिनी वन में हुआ (वर्तमान रुम्मिनदेई) था । इनकी माता का नाम माया देवी था । प्रसव पीड़ा से माता माया देवी का देहावसान हो जाने के कारण सिद्धार्थ की विमाता प्रजापति गौतमी ने इनका पालन पोषण किया । शायद यही कारण है कि उन्हें गौतम भी कहते हैं । नेपाल की तराई, ये राजा शुद्धोधन के पुत्र थे। बचपन से ही गौतम में चिन्चन प्रवृत्ति विरक्ति एवं दयालुता के लक्षण दिखाई देने लगे । अपने पुत्र में सांसारिक जीवन के प्रति गहरी उदासीनता देखकर राजा शुद्धोधन ने 16 वर्ष की आयु में उनका विवाह यशोधरा नामक सुन्दरी राजकुमारी से कर दिया । राजमहल को राजा ने भोग विलास एवं आनन्द की मोहक और आकर्षक सामग्री तथा साधनों से सजाया व विलासिता से पूर्ण थे । ये साधन भी विरकत भौतम के व्याकुल हृदय को शान्त न कर सके । राहुल नामक एक पुत्र भी हुआ । बुढापा , रूग्णता और मृत्यु के दृश्यों ने संसार की प्रति उनकी उदासीनता को और भी बढ़ा दिया। वासना आदि का त्याग कर एकान्त में रहना , उन्हें अच्छा लगने लगा । परिणाम यह हुआ कि 29 वर्ष की आयु में रात के समय उन्होंने सत्य की खोज करने के लिए अपने राजमहल तथा राजकीय वैभव को छोड़ दिया । उनका ग्रह त्याग महाभिनिष्क्रमण ' कहा जाता है । लगातार 6 वर्षों तक वे सन्यासी का जीवन व्यतीत करते रहे । इस दौरान उन्होंने दो ब्राह्मण आचार्यों के आश्रम में अध्ययन किया । इतने पर भी उनकी जिज्ञासा शान्त न हुई और उन्हें सन्तोष न हुआ तब उन्होंने घने जंगल में कठोर तपस्या की और अपने शरीर को कठोर यातनाएँ दीं । किन्तु असफल रहे । शरीर सूखकर अस्थिपंजर हो गया । अन्त में उन्होंने तपस्वी जीवन को छोड़ दिया , शरीर को यातना देना बन्द कर दिया और निरंजना नदी में स्नान कर वर्तमान बोध गया गें पीपल वृक्ष के नीचे तृण के आसन पर बैठ गये । वहाँ उन्हें सहसा सत्य के दर्शन हुए । ब्रहम ज्ञान से उनका अन्तर्मन प्रकाशवान हो उठा कि महान शान्ति तो उनके हृदय में ही है । उन्हें वही उसकी खोज करनी चाहिए । इसे ही महान बुद्धत्व कहा गया है । तभी से वे बौद्ध अथवा तथागत कहलाये । इसके पश्चात वे बनारस के समीप सारनाथ के ऋषिपत्तन में गए । वहीं उन्होंने अपना प्रथम धार्मिक उपदेश दिया उसके परिणामस्वरूप पाँच व्यक्ति उनके शिष्य हो गये । कौशल नरेश प्रसेनजित एवं मगध के राजा बिम्बसार तथा अज्ञात शत्रु ने उनके सिद्धान्तों को स्वीकारा तथा उनके शिष्य हो गये । 45 वर्षों का निरंतर धर्मोपदेश करने के बाद 487 ई 0 पू 0 में मल्ल गणराज्य की राजधानी (वर्तमान कसिया , जिला देवरिया , उ ० प्र ०) में उनका देहावसान (निर्वाण) हो गया । इस घटना को बौद्ध साहित्य में महापरिनिर्वाण कहते है ।

एक बार बुद्ध ने महाश्रेष्ठी , अनायपिण्डक से , जो उनका अनन्य भक्त गृहस्थ शिष्य था , और जिसने उनके लिए सावत्थी (आवस्ती) में सुप्रसिद्ध जेतवन बिहार की स्थापना की थी , बताया था कि गृहस्थ को जो सामान्य पारिवारिक जीवन बिताता है , चार प्रकार के सुख प्राप्त होते हैं । पहला सुख आर्थिक सुरक्षा अथवा न्यायपूर्ण और उचित ढंग से अर्जित की हुई पर्याप्त सम्पत्ति का उपभोग करना है (अस्थि सुख) दूसरा सुख घन को मुक्त हस्त से स्वयं अपने अपने परिवार अपने मित्रों और सम्बन्धियों पर और प्रशंसनीय कार्यों में व्यय कर सकने का सुख भोगसुख) है , तीसरा सुख ऋण से मुक्त होने का सुख (अनण सुख) , चौथा सुख मन वचन कर्म से बुराई न करते हुए निर्दोष और शुद्ध जीवन व्यतीत करने का सुख (अनवज्ज सुख) इनमें से तीन प्रकार के सुख आर्थिक हैं और कुछ ने अन्त में श्रेष्ठी (महाजन) को सचेत किया है कि आर्थिक और भौतिक सुखों का मूल्य दोष रहित और भले जीवन से उत्पन्न होने वाले आध्यात्मिक सुख के सोलहवें अंश के भी बराबर नहीं है ।

बर्द्धमान महावीर का जीवन यापन- (जैन धर्म)

धर्म के संस्थापक की जन्म तिथि के विषय में विभिन्न मत निम्म प्रकार है (1) महावीर का जन्म ईसा से लगभग 600 वर्ष पहले बिहारांतर्गत मुजफ्फरपुर जिले में स्थित वैशाली के पास कुरुग्राम में हुआ था । (विश्व की प्राचीन सभ्यताओं का इतिहास) । (2) इनका जन्म बिहार प्रान्त के कुण्डलपुर नगर में 599 ई 0 पू 0 में हुआ था । (विश्व प्रसिद्ध धर्म , मत एवं सम्प्रदाय) । 2001) । (3) महावीर का जन्म लगभग 540 ई ॰ पू ॰ वैशाली (बिहार) के पास एक गाँव में हुआ था । (क्रॉनिकल इयर बुक २००१) जैन अनुश्रुतियों के अनुसार महावीर का जन्म ई ॰ पू ॰ छठी शताब्दी के आरंभ में हुआ था । उनकी मृत्यु और उनके निधन की वास्तविक तिथियों विवादास्पद है । इन्हें इन्द्रियों को जीतने वाला अर्थात जिन ' भी कहा जाता है । राजकुमार वर्द्धमान ने युवावस्था तक क्षत्रियों की समस्त कलाओं का अभ्यास कर लिया था । माता के आग्रह से इन्होंने राजा समस्वीर की कन्या यशोदा देवी से विवाह भी किया जिससे एक कन्या हुई प्रियदर्शना । किन्तु गृहस्थ जीवन उन्हें बार बार एक बन्धन , एक मायाजाल लगता जिससे मुक्ति होने के लिए उनकी अन्तरात्मा झकझोरती रहती । जब राजकुमार वर्द्धमान 28 वर्ष के थे तब उनके घर त्याग कर मुनि बनने की इच्छा फिर भी न दबी किन्तु भाई नन्दिवर्धन के आग्रह पर दो वर्ष और उन्हें घर रहना पड़ा । 30 वर्ष की आयु में घर छोड़कर वर्तमान ने दीक्षा ले ली । दीक्षा लेते ही उन्हें मनः पर्याय ज्ञान (दूसरे के मन की बात जानने की शक्ति की प्राप्ति हो गई । इन्द्रियों और मन पर सम्पूर्ण विजय की सिद्धि के लिए उन्होंने साढ़े बारह वर्ष तक घोर तपस्या की । इस दौरान कभी -कभी छह महीने तक वे निर्जल उपवास करते रहे तो कभी कभी महीनों तक खड़े होकर ध्यान करते रहे तपस्या के दौरान उन्हें घोर कष्ट भी सहन करने पड़े । एक ग्वाले ने उनके कान में कील ठोक दी । सांप बिच्छू तथा दूसरे जानवरों ने उन्हें भयंकर कष्ट दिये । आंधी , वर्षा , लू ओले सबने उन्हें डिगाने के भरसक प्रयास किये किन्तु वे पर्वत की भाँति अविचल रहे । इन्द्र ने इस धैर्य तथा मनोबल को देख कर ही उन्हें महावीर ' कहा । अंतत तपस्या पूरी हुयी और महावीर सभी इच्छाओं वासनाओं से मुक्ति होकर बीतरागी , सर्वज्ञ एवं महासिद्ध बन गये । राजगृह , , श्रावस्तीशाली जैसे प्रमुख नगरों में महावीर ने चातुर्मास्य (चार माह तक एक ही ठहरवार धर्म का प्रवचन करना) किया । 527 ई ॰ पू ॰ को 72 वर्ष की आयु में कार्तिक अमावस्या को पावापुरी (पटना के निकट) में उन्होंने निर्वाण प्राप्त किया इसी वर्ष से जैनियों का वीर निर्वाण संवत प्रारंभ होता है । कुंडग्राम में ज्ञातृक- वंश के गणराज्य के नेता सिद्धार्थ महावीर के पिता थे । उनकी माता का नाम त्रिशला था , जो वैशाली गणराज्य के नेता चेतक की बहन थी । बचपन का नाम वर्धमान था वे। सदैव वस्त्रविहीन रहकर दिगम्बर अवस्था में धर्म प्रचार करते थे ।

महावीर ने वेदों की प्रमाणिकता व प्रधानता को अस्वीकार कर दिया । उनके विचार काफी तार्किक व विवेकपूर्ण थे बौद्धिक हठधर्मिता के सत्य का ज्ञान आंशिक रूप से होता है ।

अत : दूसरे के विचार को असत्य करार देना गलत जैन धर्म में यह सिद्धांत स्याहवाद के नाम से प्रसिद्ध है ।

ताओ धर्म के संस्थापक

लाओत्से का जन्म ई० पू० छठी शताब्दी के लगभग चीन में हुआ था । लाओत्से अपनी शिक्षाओं को एक पुस्तक जिसका (TaoTeChing) ताओ तेह चिंग है में संकलित किया है । ताओ धर्म के तीन रत्न दया , आत्मसंयम और विनम्रता है । लाओत्से ने बुराई के बदले भलाई करने की शिक्षा दी । लाओत्से के शिष्यों ने ताओ तेह किंग को चमत्कार के श्रोत के रूप में इस्तेमाल किया और ताओ धर्म बिगडकर सिर्फ अनुष्ठानों तक रह गया १० पू० दूसरी शताब्दी के मध्य तक ताओ धर्म इतना दूषित हो गया कि उससे लाओत्से को देवता मानकर उनकी पूजा भेंट शुरू कर दी ।

बहाई धर्म के संस्थापक

बहाई धर्म के संस्थापक मिर्ज़ा हुसैन अली थे ।

जिनका उपनाम बहाउल्लाह (ईश्वर का प्रकाश महिमा) था । उनका जन्म ईरान के माजिन्दरान नामक स्थान में 12 नवम्बर , 1817 को हुआ ये बाब अर्थात द्वार के नाम से प्रसिद्ध हुए और उन्होंने 25 वर्ष की आयु में ही मई 1844 ई ० में ऐसा सन्देश वाहक होने का दावा दिया । जिसके अवतरित होने का उद्देश्य था । जुलाई 1850 में तबरेज नगर के सार्वजनिक चौक में गोली मारने वाले दस्ते द्वारा उनका वध कर दिये जाने में हुयी यह धर्म एक विवाह प्रथा , सच्चरित्रता और पारिवारिक जीवन में शालीनता की प्रेरणा देता है और विवाह विच्छेद अर्थात तलाक को बुरा बताता है । ईश्वर एक है और मानवता (भी) एक है तथा अवतारों पैगम्बरों का एकमात्र धर्म है प्रेम और एकता " प्रत्येक धर्म सत्य है , सुन्दर है और प्रामाणिक है । यह उस युग के लिए जब यह प्रकट होता है , परमेश्वर का एक सन्देश है ।

德侔天地　道冠古今
刪述六經　垂憲萬世

कन्फ्यूशियस धर्म

शब्द की उत्पत्ति चीनी इतिहास के सर्वाधिक महत्त्वपूर्ण एवं पूज्य व्यक्ति कन्फ्यूशियस (कुंग फू सु) 551-479) ई॰ पू॰ के नाम से हुयी है । बचपन से ही उन्हें ज्ञान की लालसा थी । जवानी में उन्हें लाओत्से से मिलने और उनके साथ विचार विनिमय करने का अवसर मिला । उन दिनों लाओत्से एक विख्यात व्यक्ति थे । गरीबी में संघर्ष करते हुए कन्फ्यूशियस पहले एक साधारण सरकारी कर्मचारी के पद पर रहे किन्तु बाद में वह राज्य के मजिस्ट्रेट के पद पर पहुंच गए । उनके कुशल शासन से अन्य लोगों को ईर्ष्या होने लगी , षड़यंत्र करके ई 0 पू 0496 में उन्हें नौकरी से निकलवा दिया । उसके बाद वह बेघरबार और फटे हाल इधर उधर मारे मारे फिरते रहे और अन्ततः ई 0 पू 0478 में 73 वर्ष की आयु में उनका स्वर्गवास हो गया । खंड फूल्जू (हमारे स्वामी खुग) का जन्म 551 ई॰ में गांग कुल में हुआ था । मृत्यु के पश्चात उनके उपदेशों को सूक्ति संग्रह के रूप में संकलित किया गया । कन्फ्यूशियस चीन जैसा सम्मान दिया जाने लगा । सच पूछा जाए तो कन्फ्यूशियस धर्म संस्थापक नहीं थे , बल्कि एक सदाचारी नीतिवादी थे । उन्होंने चीन की पुरातन शिक्षाओं को सुरक्षित रखा , उनको सुव्यवस्थित किया और लोगों को उनका उपदेश दिया ।

हिन्दू धर्म के आइडियल

आचार्य गौणपाद (जन्म– लगभग 800 वर्ष ई.पू.)

अद्वैतवाद के सिद्धांत की स्थापना करने वाले आचार्य गौणपाद का जन्मकाल और जन्मस्थान दोनों के ही विषय में विवाद है , किंतु इतना तो सत्य है कि वे प्रसिद्ध बौद्ध दार्शनिक आचार्य नागार्जुन के बाद के काल के हैं और आचार्य नागार्जुन का जीवनकाल 401 वर्ष ई.पू. का माना जाता है । गौणपाद के गुरु शुक्रदेवाचार्य थे । गौणपाद ने मांडूक्य उपनिषद पर मांडूक्यकारिका और सांख्यकारिका पर टीका लिखी है । गौणपाद की मांडूक्यकारिका में कुल चार प्रकरण हैं । प्रथम प्रकरण का नाम आगम ' प्रकरण है । इसमें जीव या चेतना की चार अवस्थाओं का विवेचन है । द्वितीय प्रकरण का नाम ' बैतथ्य ' प्रकरण है , जिसमें संसार की निःसारता का प्रतिपादन है । तृतीय प्रकरण का नाम ' अद्वैत ' है । इसमें अस्पर्श योग का वर्णन है । चतुर्थ प्रकरण का नाम ' अलात है । इसमें संसार की तुलना अलातचक्र या अग्निचक्र से की गई है । इसी उपमा के कारण कुछ लोग गौणपाद को ' प्रच्छन्न बौद्ध ' भी कहते हैं । गौणपाद आत्मा या चेतन तत्व का सूक्ष्म परामनोवैज्ञानिक विश्लेषण करते हैं । वे मानते हैं कि आत्मा की विश्व , तेजस एवं प्राज्ञ आदि विभिन्न स्थितियां हैं , न कि विभिन्न स्वरूप । वे चेतना की जाग्रत , स्वप्न , सुषुप्ति तथा तुरीय अवस्था की व्याख्या से सिद्ध करते हैं कि आत्मतत्व एक रूप है । आत्मा अद्वैत रूपवान है । अज्ञान की निवृत्ति होने पर ही इस आत्मतत्व का बोध होता है । आत्मज्ञान के अनंतर संपूर्ण जगत् की निवृत्ति हो जाती है । द्वैत भाव का नाश हो जाता है । ब्रह्म शांत और अद्वैत तत्व है । अजातिवाद उनका मुख्य सिद्धांत है । परमार्थ तत्व अजात हैं । एक सदा , एक रूप , एक रस और त्रिकाल बाध है । कोई वस्तु उत्पन्न नहीं होती । किसी भी प्रकार का कहीं भेद नहीं है । गौणपाद मांडूक्यकारिका में अद्वैतवाद के मुख्य सिद्धांतों को प्रतिपादित करते हैं । जैसे कि यथार्थ सत्ता के अनुक्रम , ब्रह्म और आत्मा का एकत्व , माया , ज्ञान अथवा विद्या का मोक्ष प्रत्यक्ष साधन होना , निरपेक्ष शून्य का अचिंत्य होना ।

प्रतिपादित सिद्धांत : अद्वैतवाद । ग्रंथ '-- चार प्रकरण आगम ' , ' बैतथ्य ' , ' अद्वैत ' और ' अलात ' वाली मांडूक्यकारिका सांख्यकारिका पर टीका ।

आदि शंकर   (जन्म 509 ई.पू. मृत्यु 477 ई.पू.)

शंकर का दर्शन वास्तविक रूप में सूक्ष्म तार्किकता का दर्शन है । शंकर ने वेदांतिक परंपरा में अद्वैतवाद का सिद्धांत दिया है । अत्यंत कठोर तर्क के ऊपर शंकर को जहां पूर्ण अधिकार प्राप्त था , वहीं दूसरी ओर उत्कृष्ट काव्य में भी उनका उतना ही दखल था । शंकर का जन्म केरल के काल्दी गांव में हुआ था । अपने शैशवकाल में वे अद्वैताचार्य गौणपाद के शिष्य गोविंदपाद द्वारा संचालित वैदिक पाठशाला में प्रविष्ट हुए । कहा जाता है कि केवल आठ वर्ष की आयु में ही उन्हें सब वेद कंठस्थ हो चुके थे । शोधकर्ता उनका जन्म आठवीं सदी का मानते हैं , पर कई धार्मिक समूहों के विद्वान उन्हें इससे भी पहले का मानते हैं । शंकर केवल एक वीतराग परिव्राजक नहीं थे । एक आचार्य के रूप में उन्होंने भारत का भ्रमण कर विभिन्न मतों के विद्वानों से संवाद और शास्त्रार्थ किया । शंकर अपने ग्रंथ ' ब्रह्मज्ञानावली माला ' में अपने अद्वैतवादी अभिमत का सार आधे श्लोक में व्यक्त करते हुए लिखते हैं कि ' ब्रह्म सत्यम् जगन्मिथ्या जीवो ब्रह्मैव न परः ' अर्थात् केवल ब्रह्म ही सत्य है , नानात्व से भरा यह जगत् मिथ्या है और आश्रम विश्लेषण में जीव ब्रह्म से भिन्न नहीं हैं । शंकर का सुनिश्चित मत है कि तात्विक दृष्टि से सत्य यह है कि केवल वह तत्व सत् है , जो भूत , वर्तमान और भविष्य तीनों कालों में अबाध रूप से नित्य विद्यमान रहता है । ऐसा परम सत्य ही सच्चिदानंद ब्रह्म है । यह एक ऐसी परम सत्ता है , जो तीनों कालों में अविच्छिन्न रहते हुए अपनी चेतना में अपने ही आनंद को प्राप्त है । कुछ लोग शंकर की जगत् मिथ्यात्व है संकल्पना के मर्म को न समझकर उन पर जगत् निषेध का आरोपण करते हैं , लेकिन ये लोग शायद शंकर की त्रिआयामी सत्ता का दार्शनिक अर्थ नहीं समझ या पहचान पाते हैं । शंकर पर आक्षेप लगाकर जो लोग कहते हैं कि वे जगत् की यथार्थता की उपेक्षा करते हैं , वे यह भूल जाते हैं कि आचार्य जगत् की व्यावहारिक सत्ता तो मानते ही हैं , इसके साथ ही उनका यह भी उद्घोष है कि बिना आत्मबोध के जगत् का निषेध नहीं होता । सिद्धांत अद्वैतवाद ।

ग्रन्थ– ' शारीरिक भाष्य ' , ' गीता भाष्य ' , ' मांडूक्यकारिका ' , ' दशोपनिषद ' , ' विवेक ' चूडामणि ' , ' सौंदर्य लहरी ' एवं ' आत्मबोध ।

संदर्भ- इस्लाम एक परिचय,101 व्यक्तित्व,वह अन्य ग्रन्थ, आदि।

हमजा इब्न अली इब्न अहमद(ड्रूज़ **durūz**) धर्म के संस्थापक

हमजा इब्न अली इब्न अहमद. 985-सी. 1021) 11वीं सदी के फ़ारसी इस्माइली मिशनरी और ड्रूज़ के संस्थापक नेता थे। उनका जन्म समानी-शासित फ़ारस (आधुनिक ख़फ़, रज़ावी खोरासन प्रांत, ईरान) के ग्रेटर खुरासान के ज़ोज़ान में हुआ था, और उन्होंने फ़ातिमी ख़लीफ़ा अल-हकीम बि-अम्र अल्लाह के शासनकाल के दौरान काहिरा में इस्माइलवाद के अपने विधर्मी पक्ष का प्रचार किया। हमज़ा के अनुसार, अल-हकीम ईश्वर का प्रकट रूप था। स्थापित इस्माइली पादरियों के विरोध के बावजूद, हमजा ने दृढ़ता से काम किया, जाहिर तौर पर अल-हकीम द्वारा उसे सहन किया गया या यहां तक कि संरक्षण भी दिया गया, और मिस्र और सीरिया में मिशनरियों का एक समानांतर पदानुक्रम स्थापित किया। फरवरी 1021 में अल-हकीम के लापता होने के बाद - या, सबसे अधिक संभावना है, हत्या - हमजा और उनके अनुयायियों को नए शासन द्वारा सताया गया। हमजा ने खुद अपने अनुयायियों को लिखे अपने अंतिम पत्र में अपनी सेवानिवृत्ति की घोषणा की, जिसमें उन्होंने यह भी वादा किया कि अल-हकीम जल्द ही वापस आएंगे और अंतिम समय की शुरुआत करेंगे। उसके बाद हमजा गायब हो गया, हालांकि एक

समकालीन स्रोत का दावा है कि वह मक्का भाग गया, जहां उसे पहचान लिया गया और उसे मार दिया गया। उनके शिष्य बहा अल-दीन अल-मुक्ताना ने 1027-1042 में हमजा के मिशनरी प्रयास को फिर से शुरू किया, ड्रूज़ धर्म के सिद्धांतों को अंतिम रूप दिया।

ड्रूज़ **durūz),**

जो खुद को अल-मुवाहिदुन (शाब्दिक रूप से 'एकेश्वरवादी' या 'एकतावादी') कहते हैं पश्चिम एशिया से एक अरब और अरबी भाषी गूढ़ जातीय-धार्मिक समूह हैं जो ड्रूज़ विश्वास, एक अब्राहमिक, एकेश्वरवादी, समन्वयवादी और जातीय धर्म का पालन करते हैं, जिनके मुख्य सिद्धांत ईश्वर की एकता, पुनर्जन्म और आत्मा की अनंतता पर जोर देते हैं। अधिकांश ड्रूज़ धार्मिक प्रथाओं को गुप्त रखा जाता है। ड्रूज़ बाहरी लोगों को अपने धर्म में धर्मांतरण की अनुमति नहीं देते हैं। ड्रूज़ धर्म के बाहर विवाह दुर्लभ है और दृढ़ता से हतोत्साहित किया जाता है। ड्रूज़ अरबी भाषा और संस्कृति को अपनी पहचान के अभिन्न अंग के रूप में बनाए रखते हैं, और अरबी उनकी प्राथमिक भाषा है।

द एपिस्टल्स ऑफ़ विज़डम ड्रूज़ धर्म का आधारभूत और केंद्रीय पाठ है। ड्रूज़ धर्म की उत्पत्ति इस्माइलिज़्म (शिया इस्लाम की एक शाखा) में हुई, और यह ईसाई धर्म, ज्ञानवाद, नियोप्लाटोनिज़्म, पारसी धर्म, गंधार बौद्ध धर्म, मणिकेइज़्म पाइथागोरसवाद,और अन्य दर्शन और मान्यताओं से प्रभावित था, जिसने शास्त्र की गूढ़ व्याख्या के आधार पर एक अलग और गुप्त धर्मशास्त्र का निर्माण किया, जो मन और सत्यता की भूमिका पर जोर देता है। ड्रूज़ ईश्वरदर्शन और पुनर्जन्म में विश्वास करते हैं।

ड्रूज़ का मानना है कि पुनर्जन्म के चक्र के अंत में, जो लगातार पुनर्जन्म के माध्यम से प्राप्त होता है, आत्मा ब्रह्मांडीय मन (अल-अक़ल अल-कुल्ली) के साथ एकजुट होती है।

ड्रूज़ के मन में शुआइब के प्रति विशेष श्रद्धा है, जिनके बारे में उनका मानना है कि वे बाइबिल के जेथ्रो के समान ही व्यक्ति हैं। ड्रूज़ का मानना है कि एडम, नूह, अब्राहम, मूसा, जीसस, मुहम्मद और इस्माइली इमाम मुहम्मद इब्न इस्माइल पैगंबर थे। ड्रूज़ परंपरा सलमान फ़ारसी, अल-खिद्र (जिन्हें वे एलिजा के रूप में पहचानते हैं, जिनका जॉन द बैपटिस्ट और सेंट जॉर्ज के रूप में पुनर्जन्म हुआ), जॉब, ल्यूक द इवेंजेलिस्ट और अन्य को "गुरु" और "पैगंबर" के रूप में सम्मान और श्रद्धा देती है।

भले ही यह आस्था मूल रूप से इस्माइलवाद से विकसित हुई हो, लेकिन ड्रूज़ मुसलमान नहीं हैं। ड्रूज़ आस्था लेवेंट में प्रमुख धार्मिक समूहों में से एक है, जिसके 800,000 से दस लाख अनुयायी हैं। वे मुख्य रूप से लेबनान, सीरिया और इज़राइल में पाए जाते हैं, जॉर्डन में उनके छोटे समुदाय हैं। वे लेबनान की आबादी का 5.5%, सीरिया का 3% और इज़राइल का 1.6% हिस्सा बनाते हैं। सबसे पुराने और सबसे घनी आबादी वाले ड्रूज़ समुदाय माउंट लेबनान और सीरिया के दक्षिण में जबल अल-ड्रूज़ (शाब्दिक रूप से "ड्रूज़ का पहाड़") के आसपास मौजूद हैं।

ड्रूज़ समुदाय ने लेवेंट के इतिहास को आकार देने में महत्वपूर्ण भूमिका निभाई, जहाँ यह एक महत्वपूर्ण राजनीतिक भूमिका निभाता है। हर देश में धार्मिक अल्पसंख्यक के रूप में, जहाँ वे पाए जाते हैं, उन्हें अक्सर समकालीन इस्लामी चरमपंथ सहित विभिन्न मुस्लिम शासनों द्वारा उत्पीड़न का सामना करना पड़ा है।

ईश्वर

देवता की ड्रूज़ अवधारणा को उनके द्वारा सख्त और समझौता न करने वाली एकता में से एक घोषित किया गया है। मुख्य ड्रूज़ सिद्धांत बताता है कि ईश्वर पारलौकिक और अंतर्निहित दोनों है, जिसमें वह सभी विशेषताओं से ऊपर है, लेकिन साथ ही, वह मौजूद भी है।

एकता की एक कठोर स्वीकारोक्ति बनाए रखने की उनकी इच्छा में, उन्होंने ईश्वर से सभी विशेषताओं (तंज़ीह) को छीन लिया। ईश्वर में, उसके सार से अलग कोई विशेषता नहीं है। वह बुद्धिमान, शक्तिशाली और न्यायप्रिय है, बुद्धि, शक्ति और न्याय से नहीं, बल्कि अपने सार से। ईश्वर "अस्तित्व का संपूर्ण" है, न कि "अस्तित्व से ऊपर" या अपने सिंहासन पर, जो उसे "सीमित" बनाता है। उसके बारे में न तो "कैसे", "कब", और न ही "कहाँ" है; वह समझ से परे है।

इस हठधर्मिता में, वे अर्ध-दार्शनिक, अर्ध-धार्मिक निकाय के समान हैं जो अल-मामून के अधीन फला-फूला और मुताज़िला और पवित्रता के भाइयों (इखवान अल-सफ़ा) के भ्रातृ आदेश के नाम से जाना जाता था।

मुताज़िला के विपरीत, और सूफीवाद की कुछ शाखाओं के समान, ड्रूज़ तजल्ली (जिसका अर्थ है "ईश्वरीय दर्शन") की अवधारणा में विश्वास करते हैं। तजल्ली को अक्सर विद्वानों और लेखकों द्वारा गलत समझा जाता है और आमतौर पर अवतार की अवधारणा के साथ भ्रमित किया जाता है।[अवतार] ड्रूज और कुछ अन्य बौद्धिक और आध्यात्मिक परंपराओं में मुख्य आध्यात्मिक मान्यता है ... एक रहस्यमय अर्थ में, यह कुछ रहस्यवादियों द्वारा अनुभव किए गए ईश्वर के प्रकाश को संदर्भित करता है जो अपनी आध्यात्मिक यात्रा में शुद्धता के उच्च स्तर पर पहुंच गए हैं। इस प्रकार, ईश्वर को लाहुत [दिव्य] के रूप में माना जाता है जो नासुत [भौतिक क्षेत्र] के स्टेशन (मकाम) में अपना प्रकाश प्रकट करता है बिना नासुत के लाहुत बने। यह दर्पण में अपनी छवि की तरह है: व्यक्ति दर्पण में है, लेकिन दर्पण नहीं बनता है। ड्रूज पांडुलिपियां जोरदार हैं और इस विश्वास के खिलाफ चेतावनी देती हैं कि नासुत ईश्वर है ... इस चेतावनी की उपेक्षा करते हुए, व्यक्तिगत साधकों, विद्वानों और अन्य दर्शकों ने अल-हकीम और अन्य आकृतियों को दिव्य माना है। ... ड्रूज शास्त्र के दृष्टिकोणधर्मग्रंथ

ड्रूज पवित्र ग्रंथों में कुरान और ज्ञान के पत्र शामिल हैं। अन्य प्राचीन ड्रूज लेखन में रसाइल अल-हिंद (भारत के पत्र) और पहले से खोई हुई (या छिपी हुई) पांडुलिपियाँ जैसे अल-मुनफरीद बी-धातिही और अल-शरिया अल-रुहानिया और साथ ही उपदेशात्मक और विवादास्पद ग्रंथ शामिल हैं।

पुनर्जन्म

पुनर्जन्म ड्रूज़ विश्वास में एक सर्वोपरि सिद्धांत है। पुनर्जन्म किसी की मृत्यु के तुरंत बाद होता है क्योंकि शरीर और आत्मा का एक शाश्वत द्वैत है और आत्मा का शरीर के बिना अस्तित्व में रहना असंभव है। एक मानव आत्मा केवल एक मानव शरीर में स्थानांतरित होगी, नियोप्लाटोनिक, हिंदू और बौद्ध विश्वास प्रणालियों के विपरीत, जिसके अनुसार आत्मा किसी भी जीवित प्राणी में स्थानांतरित हो सकती है। इसके अलावा, एक पुरुष ड्रूज़ का पुनर्जन्म केवल दूसरे पुरुष ड्रूज़ के रूप में और एक महिला ड्रूज़ का पुनर्जन्म केवल दूसरी महिला ड्रूज़ के रूप में हो सकता है। एक ड्रूज़ का पुनर्जन्म किसी गैर-ड्रूज़ के शरीर में नहीं हो सकता। इसके अतिरिक्त, आत्माओं को विभाजित नहीं किया जा सकता है और ब्रह्मांड में मौजूद आत्माओं की संख्या सीमित है। पुनर्जन्म का चक्र निरंतर है और बचने का एकमात्र तरीका लगातार पुनर्जन्म है। जब ऐसा होता है, तो आत्मा ब्रह्मांडीय मन के साथ एक हो जाती है और परम सुख प्राप्त करती है। समय संरक्षक संधि

समय संरक्षक संधि (मिथक वली अल-ज़मान) को ड्रूज़ धर्म का प्रवेश द्वार माना जाता है, और उनका मानना है कि अपने पिछले जन्मों में सभी ड्रूज़ ने इस चार्टर पर हस्ताक्षर किए हैं, और ड्रूज़ का मानना है कि यह चार्टर मृत्यु के बाद मानव आत्माओं के साथ जुड़ता है। मैं हमारे मौला अल-हकीम पर भरोसा करता हूं, जो एकाकी ईश्वर, व्यक्ति, शाश्वत है, जो जोड़ों और संख्याओं से बाहर है, (किसी) का बेटा (किसी) ने खुद पर और अपनी आत्मा पर मान्यता को मंजूरी दे दी है, अपने दिमाग और शरीर के स्वस्थ होने पर, अनुमेयता से बचने वाला आज्ञाकारी है और मजबूर नहीं है, सभी पंथों, लेखों और सभी धर्मों और विश्वासों को मतभेदों की किस्मों पर अस्वीकार करने के लिए, और वह सर्वशक्तिमान मौलाना अल-हकीम की आज्ञाकारिता के अलावा कुछ नहीं जानता है, और आज्ञाकारिता पूजा है और यह पूजा में शामिल नहीं है कि कभी किसी ने भाग लिया या प्रतीक्षा की, और उसने अपनी आत्मा और अपने शरीर और अपने पैसे और वह सब कुछ जो वह सर्वशक्तिमान मौलाना अल-हकीम को सौंप दिया था। [स्पष्टीकरण की आवश्यकता]गूढ़वाद

ड्रूज का मानना है कि भविष्यद्वक्ताओं, धार्मिक नेताओं और पवित्र पुस्तकों द्वारा दी गई कई शिक्षाओं में बुद्धि के लोगों के लिए गूढ़ अर्थ संरक्षित हैं, जिनमें कुछ शिक्षाएँ प्रतीकात्मक और रूपक प्रकृति की हैं, और पवित्र पुस्तकों और शिक्षाओं की समझ को तीन परतों में विभाजित करती हैं।

ड्रूज के अनुसार, ये परतें इस प्रकार हैं:

स्पष्ट या गूढ़ (ज़ाहिर), जो कोई भी पढ़ या सुन सकता है, उसके लिए सुलभ है;
छिपी या गूढ़ (बातिन), जो उन लोगों के लिए सुलभ है जो व्याख्या की अवधारणा के माध्यम से खोज और सीखने के इच्छुक हैं;
और छिपी हुई में छिपी हुई, एक अवधारणा जिसे एनागोगे के रूप में जाना जाता है, जो कुछ वास्तव में प्रबुद्ध व्यक्तियों को छोड़कर सभी के लिए दुर्गम है जो वास्तव में ब्रह्मांड की प्रकृति को समझते हैं।
ड्रूज का मानना नहीं है कि गूढ़ अर्थ गूढ़ अर्थ को समाप्त कर देता है या अनिवार्य रूप से समाप्त कर देता है। हमजा बिन अली इस तरह के दावों का खंडन करते हुए कहते हैं कि अगर तहराह (पवित्रता) की गूढ़ व्याख्या दिल और आत्मा की पवित्रता है, तो इसका मतलब यह नहीं है कि कोई व्यक्ति अपनी शारीरिक पवित्रता को त्याग सकता है, क्योंकि अगर कोई व्यक्ति अपने भाषण में झूठ बोलता है तो नमाज़ (प्रार्थना) बेकार है और गूढ़ और गूढ़ अर्थ एक दूसरे के पूरक हैं।

मेरी अन्य पुस्तकें निम्न है-

क्रमांक	पुस्तक का नाम
1	पृथ्वी के प्रचलित धर्म व पंथ
2	कुरान करीम का विशेष ज्ञान
3	जीवन एक पहेली व स्वास्थ्य
4	जीवन तथा भाषा की उत्पत्ति कैसे हुई?
5	इस्लाम एक परिचय व संप्रदाय
6	अल्लाह एक परिचय
7	आज भी अंल खि॒ जिंदा है?
8	सात सोने वालों की रहस्यमई घटना
9	प्रार्थना, सभी धर्मों में
10	उपदेश महान लोगों के, सभी धर्मों में
11	स्वप्न, व्याख्या, प्रत्येक धर्म में
12	हारूत तथा मारुत की कहानी
13	आत्मा (रूह) धर्म तथा विज्ञान की नजर में
14	असली सिकंदर (जुलकरनैन)
15	दुःख
16	ईश्वर, प्रार्थना, उपदेश, नास्तिक, दुःख
17	विश्व के प्रमुख धर्म मत व सम्प्रदाय
18	पवित्र कुरान एक परिचय तथा उसके अनसुलझे रहस्य
19	धर्म संस्थापक का जीवन परिचय ,सभी धर्मों के

20	शांति की खोज
21	धर्म पुस्तक की उत्पत्ति, भाषा, लेखक व मूल प्रति
22	समानांतर ब्रह्मांड का रहस्य
23	मौत (पवित्र कुरआन की दृष्टि में)
24	तलाक! जिम्मेदार कौन?
25	कर्म ही सर्वश्रेष्ठ?
26	पवित्र को कुरआन की भविष्यवाणी
27	कयामत की निशानी
28	एकांत क्यों?

यह सारी पुस्तकें अंग्रेजी संस्करण में भी उपलब्ध है। तथा कुछ अंतर्राष्ट्रीय भाषा में उपलब्ध है।

सभी पुस्तकें पेपर बैंक तथा हार्ड कवर संस्करण में भी उपलब्ध है।

उपरोक्त पुस्तकें notion press.com पर भी उपलब्ध हैं।

मेरी ई बुक संस्करण (निशुल्क) निम्न है —

क्रमांक	पुस्तक का नाम
1	विश्व के प्रमुख धर्म मत व सम्प्रदाय
2	पवित्र कुरान एक परिचय व उसके अनसुलझे रहस्य
3	जीवन की कुछ अनसुलझी पहेली
4	असली सिकंदर (जुलकरनैन)
5	स्वप्न (व्याख्या) धर्म तथा विज्ञान की नजर में
6	आत्मा (रूह) धर्म तथा विज्ञान की नजर में
7	मनुष्य तथा भाषा की उत्पत्ति कैसे हुई?
8	ईश्वर, प्रार्थना, उपदेश, नास्तिक, दुःख
9	हारूत तथा मारुत की कहानी
10	उपदेश महान लोगों के, सभी धर्मों में
11	प्रार्थना, सभी धर्मों में
12	आज भी अंल खि☐ जिंदा है?
13	अल्लाह एक परिचय
14	इस्लाम एक परिचय व सम्प्रदाय
15	अल खिज़्र एक परिचय
16	किंग सोलोमन तथा मलिका बिल्कीश (तौरेत तथा कुरान के अनुसार)
17	एक इस्लामी सम्प्रदाय अहले हदीस का परिचय
18	अपना स्वास्थ्य (सेक्स संबंधी)
19	बाइबिल एक परिचय, क्या ओरिजिनल बाइबिल आज भी उपलब्ध है?
20	दुर्लभ चीजें जो मेरे पास मूल रूप में उपलब्ध है।

अपना व्यक्तिगत परिचय

मेरा नाम अब्दुल वहीद है मेरे पिता का नाम स्वर्गीय हाजी उबैदुर्रहमान है व माता का नाम जैबुन्निसा है । मैंने बचपन से ही वैज्ञानिक विचारधारा को पसंद किया है और शांत स्वभाव व पुस्तकों से लगाव रहा है । जिससे मेरी रोज जिज्ञासा रुचि निरंतर नए - नए खोजो को जानकारी में प्रयुक्त रहा है । मैं BSc करते समय पालीटेक्निक में सेलेक्शन हो गया था , लेकिन दुर्भाग्यवश अधूरा रह गया था क्योंकि पिता और भाई का सर्वगवास हो गया था ।

मेरे पिता जी की दो बातें जो , मेरे जीवन के लिए अत्यंत अनमोल है

प्रथम - इमानदारी से कमाओ झूठ का सहारा मत लो ,

दूसरा अन्न की इज्जत करो और जितना खाना हो उतना ही लो । इसलिए घर की जिम्मेदारी , फिर बाद में विवाह हो जाने के कारण शिक्षा अधूरी रह गई । फिर भी हिम्मत नहीं हारा और आज आपके सामने मेरे विचारों के रूप में पुस्तक उपलब्ध है । यदि कोई जानकारी अधूरी रह गई हो तो कृपया जरूर अवगत कराये ।

धन्यवाद ।

कृपया मुझसे संपर्क करें–

Abdul Waheed, Barabanki, Uttar Pradesh, India (BHARAT)

https://www.facebook.com/profile.php?id=100091298026218